고난의 언덕에 핀 꽃

김대중

김대중 고난의 언덕에 핀 꽃

조한서 지음

초판 1쇄 인쇄 | 2009년 10월 26일
초판 1쇄 발행 | 2009년 10월 29일

발행처 | 도서출판 작은씨앗
공급처 | 도서출판 보보스
발행인 | 김경용

등록번호 | 제 300-2004-187호
등록일자 | 2003년 6월 24일

서울특별시 종로구 사직동 262-8
전화 02-333-3773 팩스 02-735-3779
e-mail | ky5275@hanmail.net

ISBN 978-89-6423-100-5 44810
978-89-90787-61-3(세트)

고난의 언덕에 핀 꽃

김대중

NOBEL

저자의 말

여백(餘白)을 남기며

필자는 이 저서를 김대중의 목포 방문에서 끝낼 예정이었다. 그 정도면 필자가 그의 생애에 대해서 쓰고 싶은 이야기를 거의 다 썼다고 생각되었고, 그 이후 책이 출간되는 시점까지의 삶은 여백으로 남기고 싶었던 것이다.

'여백의 미' 라는 말이 흔히 사용된다. 화폭을 꽉 채워서 그림을 그리는 서양화와 달리 한국의 전통 회화와 중국, 일본 등 동양권의 회화에서는 '여백의 미' 가 중요한 특징으로 강조되고 있다. 물론 한국화라고 해서 모두 여백을 남겨두는 것은 아니고 문인화에서 특히 여백이 강조되는데, 그 여백이 단순한 비움의 의미를 갖는 것은 아니다.

문인화의 여백은 붓질한 부분과 남은 부분이 필연적으로 결합되어 예술로 승화되어 있다. 동양화에서 여백의 미가 경이로움으로 다가오는 것도 그 때문이다. 비움으로써 채움을 보여주는 것이라고나 할까? 그리고 그 비움은 그림을 그린 이와 보는 이가 함께 채워나가야 할 부분이기도 하다.

필자가 목포 방문에서 이 저서를 끝내려 했던 것도 바로 그러한 비움의 미학을 흉내내보자는 뜻에서였다. 목포 방문이 2006년 10월 28일이므로, 그 이후의 일들은 우리가 현재 진행형으로 살아가고 있는 현대사의 한 부분이다. 그 부분들은 독자와 함께 채워나갈 수 있기를 바랐던 것이다. 더 알고 싶은 것이 있으면 독자들이 얼마든지 스스로 찾아보고, 찾아본 것에 대해서 생각하고, 또 판단도 할 수 있으리라 생각했고 그래주기를 바랐던 것이다.

그러나 원고가 마무리되어 갈 무렵 김대중의 서거라는 안타까운 소식을 접하게 되었다. 그 때문에 좀 멋을 무려 동양화의 여백을 흉내내려던 계획은 물거품이 되고, 장례식 이야기까지 쓰지 않을 수 없게 되었다.

김대중의 일대기를 쓴다는 것은 사실 상당히 부담스러운 일이었다. 그가 생존해 있는 현대사의 거목이고, 비록 정치 일선에 물러났다고는 하지만 그의 말과 행동은 여전히 정치적, 사회적으로 민감한 반향을 불러일으키고 있는 것이 현실이었기 때문이다. 그뿐인가? 지지자와 반대자가 극명하게 엇갈려서 수많은 사람들로부터 애증이 교차되고 있는 인물이 김대중이다. 때문에 필자는 무엇을 어떻게 쓸 것인가에 대한 기준을 분명히 할 필요가 있었다.

청소년을 주 독자층으로 염두에 둔 책이므로 그와 같은 기준을 정하는 것은 그리 어렵지 않았다. 필자가 이 책을 쓰면서 주안점을 둔 것은 두 가지이다. 하나는 고난으로 가득 찬 김대중의 생애와, 불굴의 용기와 의지로 그것을 극복해 낸 그의 삶에 대한 이야기를 통해 청소년들에게 절망을 희망으로, 좌절을 승리로 이끌 수 있는 꿈과 용기를 갖게 하는 삶의 아름다운 길잡이가 되어주었으면 하는 것이다.

다른 하나는 청소년들이 우리 현대사를 보다 바르고, 깊이 있게 이해하는 데 도움이 되었으면 하는 것이다. 김대중의 생애를 통해 우리 현대사의 속살이 그대로 드러나고 있기 때문이다. 따라서 이러한 콘셉트와 관련이 없는 이야기는 널리 알려진 에피소드라 할지라도 제외된 측면이 없지 않다.

앞서의 비움과 채움의 이야기로 되돌아가자. 비록 장례식 이야기까지 쓰기는 했지만 필자는 처음에 생각했던 여백의 문제에 여전히 매달렸다.

목포 방문 이후 서거하기까지 3년 남짓 동안 많은 변화와 사건이 있었다. 무엇보다도 큰 변화는 김대중의 문민정부를 계승한 노무현의 참여정부 이후 보수정권이 들어섰다는 사실일 것이다. 그리고 그러한 변화의 연장선 위에서 많은 사건들이 일어났다. 가장 대표적인 사건이 노무현 전 대통령의 불행한 죽음일 것이다. 필자는 그러한 사건들을 김대중과 관련지어 정면으로 다루기보다는 간단히 사실 관계만을 언급한 채 여백으로 남겼다.

장례식 이야기도 마찬가지이다. 김대중의 서거 이후 쏟아져 나온 정보들은 필자로 하여금 이 책을 처음부터 다시 써야 하는 것이 아닌가 하는 혼란과 함께, 그 정보들을 선별해서 가공하는 데 두려움을 느끼게 했다. 그리고 '여백으로 남긴다' 는 핑계에 기대어 그러한 두려움으로부터 피해가는 쪽을 선택했다. 필자로서의 성실성 부족이라는 질타로부터 자유롭지 못한 부분이 없는 것은 아니지만 그러한 질타는 기꺼이 받아들이겠다. 일정한 세월이 흘러 오늘의 상황을 객관적으로 정리해서 바라볼 수 있게 되고, 그때 개정판이라도 낼 수 있게 된다면 필요한 부분을 보완하겠다는 뜻을 밝히면서…….

필자가 여백으로 남긴 부분에 대해서는 읽는 이들이 그 여백을 채워주고, 필자와 함께 김대중의 삶에 대한 이야기를 마무리해 나갈 수 있으면 좋겠다. 그래 준다면 필자로서 참으로 행복하겠다.

차례

프롤로그

역사의 두 장면

장면 1

1980년 9월 17일 오전 10시 2분, 서울 남산 기슭에 자리 잡고 있는 육군본부 대법정…….

계엄군 군법회의 법무관이 4분간에 걸쳐 판결 이유를 낭독하고 나자, 재판장이 천천히 자리에서 일어났다. 법정 안은 쥐 죽은 듯 조용해졌다. 재판장이 이른바 '김대중 내란음모 사건'의 판결을 내리려는 순간이었다.

방청석을 가득 메운 피고인 가족들은 긴장된 얼굴로 재판장을 바라보았다. 스물네 명의 피고인 중 유일하게 김대중의 가족만 그곳에 없었다. 그의 아내 이희호와 아들 등이 모두 집에 연금당하고 있어 재판정에 나올 수 없었던 것이다.

김대중 등 피고인들은 일어서서 판결을 기다렸다. 그들 사이사이에는 헌병들이 서 있었다.

김대중이 서 있는 곳은 재판장 정면이었다. 재판장이 목울대를 가다듬는 모습이 그의 눈에 들어왔다. 그는 자신도 모르게 마른침을 삼키며 재판장의 입 모양을 바라보았다. 선고를 내리는 순간 재판장의 입 모양이 앞으로 동그랗게 내밀어지면 무기징역, 안쪽으로 들어가게 되면 들으나마나 사형이라는 강박감이 그의 머릿속을 채우고 있었다. 판결이 내려지는 순간 그 소리는 곧 귀에 들릴 것이지만, 김대중은 아주 짧은 순간이나마 재판장의 입 모양으로 판결 내용을 미리 알고 싶은 긴박한 감정이었다.

"김대중……. 사형!"

김대중이 재판장의 입 모양으로 사형인지, 무기징역인지 미리 알아차릴 겨를도 없이, 재판장의 목소리는 긴장감에 휩싸인 법정에 울려 퍼졌다. 순간 방청석은 술렁였고, 한숨과 탄식이 여기저기서 흘러나왔다. 재판장은 조용히 할 것을 경고하듯 웅성거리는 방청석을 쏘아보며, 이어서 문익환 목사를 비롯한 다른 피고인들에 대한 형을 선고해 나갔다. 형량은 검찰이 구형했던 그대로 2년에서 10년까지의 징역형이었다. 재판이 미리 짜여진 각본에 따라 진행된 것임을 보여주는 증거가 아닐 수 없었다.

김대중으로서는 사형 선고가 예견하지 못했던 일은 아니

었다. 그는 전두환 군사정권이 기필코 자신을 죽이겠다는 확고한 의지를 가지고 있음을 알고 있었다. 그의 머릿속으로 3개월 전 검찰의 사형 구형이 있은 후에 했던 최후 진술 내용이 필름을 빠르게 돌리듯 스쳐 지나갔다.

> 나는 아마도 사형 판결을 받고 또 틀림없이 처형당하겠지만, 내가 처형당한다는 것은 처음부터 각오하고 있는 것입니다. 나는 여기서 이 기회에 공동 피고 여러분에게 유언을 하나 남기고 싶습니다.
>
> 내 판단으로 머지않아 1980년대 안에는 반드시 민주주의가 회복될 것입니다. 나는 그걸 확실히 믿고 있습니다. 그때가 되거든 먼저 죽어간 나를 위해서든, 또 다른 누구를 위해서든 정치적인 보복이 이 땅에서 다시는 행해지지 않도록 부탁드리고 싶습니다. 이것이야말로 내 마지막 남은 소망이기도 하고, 또 하나님의 이름을 걸고 하는 나의 마지막 유언입니다.

두 시간에 걸친 김대중의 최후 진술 내용은 언론 통제를 받고 있는 국내 신문에는 한 줄도 보도되지 않았다. 그러나 외국 언론들이 대대적으로 보도했고, 국내에도 그 내용이 유인물로 배포되어 양심 있는 지식인들과 학생들에게 널리 알려졌다. 더욱이나 그것을 직접 들은 공동 피고인들이 유언이라고까지 표현했던 자신의 간절한 뜻을 저버리지 않으리라는 확신이 있었다.

"그럼 됐어. 내가 죽더라도 그 죽음은 결코 헛되지 않은 거야."

재판장의 판결 앞에서 두려움으로 흔들리던 김대중의 마음은 어느 사이 안정을 찾아가고 있었다. 자신이 사형을 당함으로써 이 나라 이 민족에게 되풀이되어 온 정치 보복의 악순환이 고리를 끊을 수 있다면 자신의 죽음이 마냥 헛되고, 억울한 일은 아니라는 확신이 흔들리던 마음을 붙잡아 준 것이었다.

그는 하나님께 기도하기 시작했다.

아버지 하나님이시여!

이제 하나님의 뜻이 땅에서도 이루어질 것을 믿나이다. 그동안 셀 수 없이 많은 일들을 아버지께 조르고, 간구했습니다. 세계에 부강한 내 나라 건설을, 참으로 아름다운 민주주의의 실현을, 아픈 휴전선을 걷어낸 민족의 통일을……. 그러나 단 한 차례 제가 그 일의 완성을 보게 해 달라고 조른 적이 없으며, 오로지 저희들 자신이 그것을 이루어낼 수 있는 힘을 주십사 기도했습니다.

하오나 아버지의 뜻을 받들어 이제 지상에서의 꿈과 기도와 역사役事를 거두려 하나이다. 아직 아무것도 이루지 못하고 갖지 못한 이 민족을 긍휼히 여기소서. 이번에는 일의 완성을 위해 간구하나니, 아버지 하나님의 손으로 이 땅에서 영원히 정치 보복이라는 망령을 거두어 주소서. 이제 곧 아버지를 뵈러 가는 날 아버지 역사의 위대함을 함께 볼 수 있도록 허락해 주소서.

오전 10시 2분에 개정됐던 군법회의는 불과 6분만인 10시 8분에 끝났다.

장면 2

그로부터 20년 세월이 흐른 2000년 12월 10일 오후 9시(현지 시간 오후 1시), 김대중은 노르웨이의 수도 오슬로에 있었다. 한국과 동아시아 지역의 민주주의와 인권을 신장시키기 위한 노력과, 한반도의 평화와 화해를 증진시킨 공로로 노벨평화상을 받기 위해서였다.

유서 깊은 오슬로 시청의 메인 홀-. 오른쪽 난간 2층에서 군악병 두 명의 팡파르가 울려 퍼지면서, 김대중은 노벨위원회 군나르 요한 스톨셀 부위원장의 안내를 받으며 입장했다. 홀 안에 있던 1,100명의 참석자들은 모두 일어서서 큰 박수로 김대중을 맞았다. 박수는 김대중이 메인 홀을 가로질러 단상 왼쪽에 마련된 자리에 앉을 때까지 계속되었고, 김대중은 환한 미소를 지으며 손을 들어 박수에 답례했다.

이어서 하랄드 5세 노르웨이 국왕이 군나르 베르게 노벨위원장의 안내를 받으며 입장했다. 국왕은 단상이 아닌 단 아래의 맨 앞에 따로 마련된 자리에 앉았다. 단 아래에 자리가 마련된 것은 수상자에 대한 국왕의 예우였다.

김대중 옆에는 베르게 위원장과 노벨상 심사위원 5명이 자리했다. 김대중의 아내이며 평생의 동지인 이희호는 일반 참석자들의 맨 앞자리에 앉아 있었다.

식장의 분위기가 정리되자 노르웨이의 바이올리니스트 바레트 두에와 비올리스트 정순미 부부가 잔잔하고 서정적인 기악곡 '렌토'를 연주했다. 이어서 베르게 위원장이 단상 앞으로 나와 김대중을 노벨평화상 수상자로 선정한 이유를 설명했다.

그는 김대중의 인생 역정이 넬슨 만델라, 마하트마 간디의 삶과 비슷하다고 평가하면서 김대중이 간직한 불굴의 정신은 초인적인 것으로, 이런 점에서 이번 수상에 보다 진지한 측면이 있다고 말했다.

또 김대중이 야당 정치인과 재야인사로서 걸어온 험난한 발자취를 자세히 이야기한 후, "인권을 위한 헌신, 북한과의 평화와 화해를 위한 노력"이 수상의 이유라고 설명했다. 특히 노벨위원회는 평화의 노력이 뒤집힐 가능성이 있음을 인정하지만, "해보려고 애쓰는 시도가 없으면 얻는 것도 없다"는 원칙에 충실했다며, 50년 적대관계를 청산하려는 김대중의 의지는 정치적 용기라고 극찬했다.

이어서 베르게 위원장은 노르웨이 시인 군나르 롤드크밤의 「마지막 한 방울」이라는 시를 낭송했다.

> 옛날 옛적에
> 물방울 둘이 있었네.
> 하나는 첫 번째 물방울이고
> 다른 하나는 마지막 물방울
> 첫 번째 물방울이 가장 용감하였네
> 나는 마지막 물방울이 되도록 꿈꿀 수 있었네
> 모든 것을 뛰어넘어
> 우리가 우리의 자유를 되찾는 그 물방울이라네
> 그렇다면 누가
> 첫 번째 물방울이 되려고 할까?

베르게 위원장은 김대중 대통령의 노력이 바로 이 시에 나오는 '첫 번째 물방울'과 같은 의미를 갖는다는 설명을 하는 것으로 수상 이유에 대한 경과보고를 마쳤다.

홀에는 한국이 낳은 세계적인 소프라노 조수미의 축가가

울려 퍼졌다. 그녀는 베르디의 '일 바치오(입맞춤)' 와 노르웨이 민족음악가 그리그의 '이히 리베 디히(나 그대를 사랑해요)' 를 열창했다.

다음은 시상식 차례였다. 베르게 위원장은 김대중에게 노벨의 옆모습이 새겨져 있는 노벨평화상 메달과 증서Diploma를 수여했고, 9백만 크로네(우리 돈 12억원 상당)의 상금도 전달했다. 참석자들은 뜨거운 박수로 수상을 축하했고 김대중은 베르게 위원장과 함께 증서와 메달을 들고 포즈를 취했다.

다시 낯익은 우리 가락이 조수미의 목소리를 타고 홀 가득 울려 퍼지기 시작했다. 안정준의 '아리 아리랑'으로, 남북의 화해를 기원하는 노래였다.

아리랑 아리랑 아라리요
아리랑 고개로 넘어간다.

조수미의 열창이 끝나자, 베르게 위원장은 김대중에게 수상 연설을 요청했다.

국왕 폐하, 왕세자와 공주 등 왕실가족 여러분, 노르웨이 노벨위원회 위원 여러분, 그리고 내외 귀빈과 신사 숙녀 여러분!

노르웨이는 인권과 평화의 성지입니다. 노벨평화상은 세계 모든 인류에게 평화를 위해 헌신하도록 격려하는 숭고한 메시지입니다. 저에게 오늘 내려주신 영예에 대해서 다시없는 영광으로 생각하고 감사를 드립니다. 그러나 저는 한국에서 민주주의와 인권, 그리고 민족의 통일을 위해 기꺼이 희생한 수많은 동지들과 국민들을 생각할 때 오늘의 영광은 제가 차지할 것이 아니라 그분들에게 바쳐져야 마땅하다고 생각합니다.

김대중의 수상 연설은 이렇게 시작되었다.

이어서 그는 "한국의 민주화와 남북 화해를 지원해 준 세계의 친구들에게도 고마움"을 전하면서, 노벨평화위원회가 그에게 노벨상을 주게 된 중요 업적으로 평가하고 있는 남북 사이의 화해와 평화를 위한 노력에 대해서 자세히 설명했다. 그리고 한국과 아시아에서의 민주주의에 대한 이야기로 연설은 이어진다.

존경하는 귀빈 여러분.

제가 민주화를 위해서 수십 년 동안 투쟁할 때 언제나 부딪친 반론이 있었습니다. 그것은 아시아에서는 서구식 민주주의가 적합하지 않으며 그러한 뿌리가 없다는 주장이었습니다. 그러나 이는 사실과 다릅니다. 아시아에는 오히려 서구보다 훨씬 더 이전에 인권 사상이 있었고, 민주주의와 상통한 사상의 뿌리가 있었습니다.

'백성을 하늘로 삼는다.'

'사람이 즉 하늘이다.'

'사람 섬기는 것을 하늘 섬기듯 하라.'

이런 것은 중국이나 한국 등지에서 근 3,000년 전부터 정치의 가장 근본요체로 주장되어 온 원리였습니다. 또한 2,500년 전에 인도에서 시작된 불교에서는 '이 세상에서 나 자신의 인권이 제일 중요하다' 는 교리가 강조되었습니다.

이러한 인권사상과 더불어 민주주의와 상통되는 사상과 제도도 많이 있었습니다. 공자의 후계자인 맹자는 '임금은 하늘의 아들이다. 하늘이 백성에게 선정을 펴도록 그 아들을 내려 보낸 것이다. 그런데 만일 임금이 선정을 하지 않고 백성을 억압한다면 백성은 하늘을 대신해 들고 일어나 임금을 쫓아낼 권리가 있다' 고 했습니다. 이것은 존 로크가 그의 사회계약론에서 설파한 국민주권사상보다 2,000년이나 앞선 것입니다.

그는 계속해서 미얀마에서 고난의 투쟁을 계속하고 있는 아웅산 수지 여사에 대한 지지와 미얀마에서 민주주의가 반드시 회복되고 국민에 의한 대의정치가 부활하는 날이 올 것이라는 확신을 이야기한 후, "민주주의는 인간의 존엄성을 구현하는 절대적인 가치인 동시에 경제 발전과 사회정의를 실현하는 유일한 길" 이라고 말했다. 그리고 한국에서의 민주주의와 시장경제 발전을 위한 노력과 자신이 군사정권으로부터 받았던 온갖 박해에 대한 경험을 이야기하면서 "정의로운 삶을 산 사람은 당대에 비참하더라도 역사 속에서 승자가 된다는 정의필승"을 강조했다.

영어와 노르웨이어로 동시통역된 수상 연설은 25분간 이어졌고, 김대중은 이렇게 연설을 끝맺었다.

국왕 폐하, 그리고 귀빈 여러분.

노벨상은 영광인 동시에 무한한 책임의 시작입니다. 저는 역사상의 위대한 승자들이 가르치고 알프레드 노벨 경卿이 우리에게 바라는 대로 나머지 인생을 바쳐 한국과 세계의 인권과 평화, 그리고 우리 민족의 화해와 협력을 위해 노력할 것임을 맹세합니다. 여러분과 세계 모든 민주인사들의 성원과 편달을 바라마지 않습니다.

감사합니다.

연설이 끝나자 하랄드 5세 국왕 내외 등 참석자들이 모두 일어나 1분이 넘게 박수를 쳤다. 그리고 바레트 두에와 정순미 부부가 '파사 칼리아(불꽃 같은 열정)'를 연주하는 가운데 시상식은 끝났다.

사형수에서 노벨평화상 수상자로…….

김대중의 삶 속에서 건져 올린, 극적으로 대비되는 이 두 장면은 단순히 그의 개인사個人史에 한정되는 문제가 아닌, 개인사 속에 투영되어 있는 요동쳤던 현대사의 두 장면을 말해 주는 것이라 할 수 있다. 그런 의미에서 이 두 장면을 김대중의 생애를 이야기하는 첫머리에 놓았다.

그럼 지금부터 대한민국 제15대 대통령 김대중이 격랑의 현대사를 몸으로 부딪치며 살아온 흔적들을 더듬어 보기로 하자. 이야기는 남해안의 작은 섬 하의도로 거슬러 올라간다.

I

식민지의 섬 소년

어머니, 아버지, 그리고 바다

오후의 햇살을 받고 있는 하의도 앞바다는 조는 듯 잔잔했다.

바닷가 밭둑에서 뛰놀던 아이들이 잔잔한 바다처럼 무료함을 느끼기 시작할 즈음, 아이들 귀에 '드렁드렁' 코 고는 소리가 들렸다. 이따금 마을을 찾아오는 엿장수가 낮술에 취해 엿판을 올려놓은 바지게를 길가에 받쳐놓고 그 옆에 쓰러져 정신없이 낮잠을 자며 내는 소리였다.

아이들은 호기심이 발동했다.

아이들의 호기심을 잡아끈 것은 낮잠 자는 엿장수가 아니라 그 옆에 세워져 있는 지게였다. 그 시절 섬마을을 돌아다니는 엿장수는 엿만 파는 것이 아니었다. 화장품, 머리빗, 담뱃대 등 생활에 필요한 온갖 일용 잡화를 함께 팔고 있었다. 그래서 엿판을 올려놓은 바지게 속은 아이들에게 요술 상자 같은 호기심의 대상이었다.

누가 먼저랄 것 없이 아이들은 엿장수가 자고 있는 쪽으로 다가갔다. 예닐곱 살에서 열댓 살까지의 아이들이다. 아이들 수가 많지 않은 탓에 섬 마을에서는 또래가 아니라도 이처럼 함께 어울리는 것이 자연스러운 모습이었다.

아이들은 엉망으로 취해 코를 골며 자고 있는 엿장수와 그 옆의 지게를 번갈아 바라보았다. 그 가운데는 여섯 살짜리 김대중도 끼어 있었다. 아이들 가운데 가장 어린 축이었다.

나이가 많은 축에 드는 한 아이가 나서 엿판 밑의 바지게 안으로 손을 넣었다. 그는 요술 상자 안의 물건을 꺼내 선심 쓰듯 둘러서 있는 아이들에게 하나씩 내밀었다. 대중에게도 물건이 하나 왔다. 담뱃대였다. 대중으로서는 별 쓸모없는 물건이었지만 얼결에 담뱃대를 받아들었다. 문득 낡을 대로 낡아 볼품없는 아버지의 담뱃대가 머리에 떠올랐다. 그리고 담뱃대를 아버지에게 갖다 드리면 좋아하시겠다는 생각이 뒤를 이었다.

김대중은 의기양양하게 집으로 달려왔다. 아버지의 모습은 보이지 않았다.

"아버지 어디 가셨어요?"

"그거 어디서 났느냐?"

어머니는 대중이 묻는 말에 대답 대신, 그의 손에 들려 있는 담뱃대에 눈길을 못 박으며 물었다. 대중은 우물쭈물 대답을 하지 못했다. 어머니의 표정이 예사롭지 않았기 때문이다.

"어디서 났느냐니까?"

어머니는 한 음절 높아진 목소리로 다그쳐 물었다.

"엿장수 아저씨가 낮잠을 자고 있어서……."

대중의 목소리는 목구멍 안으로 기어들어갔다. 뭔가 잘못한 것 같다는 생각이 비로소 머리를 스친 것이다.

"뭐야! 엿장수 아저씨가 낮잠을 자고 있어서 그걸 몰래 꺼내 왔다는 이야기냐!"

"……."

" 아직 머리에 피도 안 마른 것이 도둑질을 해!"

"……."

어머니의 화난 표정에 대중은 아무 대꾸도 할 수 없었다.

"안 되겠다! 밖에 나가 싸릿가지 꺾어 회초리 만들어 와!"

어머니는 잔뜩 겁을 먹은 대중에게 엄하게 말했고, 대중은 어머니의 말씀대로 회초리를 만들어오지 않을 수 없었다. 대중은 자신이 해 온 회초리로 허벅지에 피멍이 들도록 매를 맞았다. 어머니가 대중에게 그처럼 매서운 매질을 한 적은 일찍이 없었다. 또 그 이후에도 없었다.

어머니는 아프다고 울며 발을 동동 구르는 대중을 앞장세워 엿장수가 있는 곳으로 데리고 갔다. 어머니의 매질도 무서웠지만 물건 주인인 엿장수와 마주칠 생각을 하니 대중은 더욱 겁이 났다.

잠에서 깨어난 엿장수는 아이들이 물건을 훔쳐갔다고 난리를 피웠다. 대중은 쥐구멍이라도 있으면 숨고 싶은 심정이었다. 어머니는 침착하게 엿장수를 나무랐다.

"아이들이 물건에 손을 댄 것은 물론 잘못이지만, 당신도 잘한 것 하나도 없어요. 팔아야 할 물건을 아무렇게나 팽개쳐 둔 채 낮술에 취해 쓰러져 잤으니, 아이들이 물건에 손을 대도록 한 당신은 잘못이 없는 줄 아시오!"

어머니의 조리 있는 이야기에 엿장수는 더 이상 아무 말도 하지 못했다. 김대중은 옆에서 조마조마한 마음으로 어머니와 엿장수 사이에 벌어지고 있는 일들을 지켜보면서 자신이 무엇을 잘못했는지 비로소 제대로 깨달을 수 있었다. 그 경험은 김대중이 살아가면서 옳고 그름을 판단하는 데 중요한 길잡이가 되고, 실수로라도 잘못을 저지르는 일이 없도록 스스로를 다그쳐 나가는 데 큰 교훈이 되었다.

그럼 김대중의 아버지는 어떤 분이었을까?

김대중은 마루에 걸터앉아 톱으로 잘라낸 나무토막을 낫과 대패로 열심히 깎고 다듬으며 배를 만들고 있었다. 며칠 전 바닷가 언덕에서 일본 군함 몇 척이 떠 있는 것을 보았는데 작은 고깃배들이나 보아왔던 대중에게 군함의 모습은 놀

라운 것이었다.

"아아, 일본은 대단한 나라구나!"

입에서 저절로 감탄사가 튀어나왔다. 그리고 이내 울적해졌다. 우리나라에는 왜 저런 군함이 없을까? 대중은 바닷가에서 본 일본 군함 같은 멋진 배를 만들고 싶은 것이었다. 어린 대중의 이마에 송골송골 땀방울이 배어나왔다. 배는 생각처럼 잘 만들어지지 않았다.

"대중아, 뭐하는 게냐?"

아버지가 방에서 나오시다 대중을 보고 물었다.

"배 만들어요."

"무슨 배?"

"일본 군함 같은 배요."

"가만 있거라. 그러다 손 다치겠다."

아버지는 외출복 차림이었다. 그러나 어디를 가려고 했던 것도 잊고 그때부터 반나절이나 대중이 배 만들던 나무토막을 깎고 다듬어 멋진 배를 만들었다. 아버지의 이마에도 어느덧 땀방울이 배어나와 있었다.

"이제 다 된 것 같다."

배가 물 위에서 균형을 맞춰 뜨는 것을 보다가 아버지는 갑자기 생각난 듯 말했다.

"아니, 내 정신 좀 봐. 가 봐야 할 데가 있는데……."

아버지는 그제야 외출하려 했던 일이 생각나신 듯 총총히 집을 나섰다.

위의 일화에서 알 수 있듯, 김대중의 아버지는 정이 많고 자상한 분이었다. 또 예인적藝人的 기질도 풍부했다. 언제, 어느 자리에서나 흥이 나면 덩실덩실 춤을 추었고, 노래도 잘 불러 남도 육자배기나 임방울의 쑥대머리를 멋지게 불러 제쳤다. 그래서 사람들은 흥을 돋궈야 할 자리에서는 그의 노래를 즐겨 청해 들었다.

그러나 그런 모습이 아버지의 전부는 아니었다. 김대중이 민족의식을 갖게 되고, 정치에 관심을 갖기 시작한 것도 아버지의 영향이었다. 아버지는 마을 이장 일을 보고 있었고, 정치에 관심이 많았다. 그는 일본 천황에 대해서 이야기할 때면 친구 이름 부르듯 유인裕仁이라고 말했다. 유인은 일본 천황 히로히토의 본명으로 천황을 살아 있는 신으로 떠받들던 그 시절, 그와 같은 행위는 위험천만한 일이었다. 그것은 그의 아버지가 강한 반일 감정을 가지고 있었음을 말해주는 것이었다.

또 아버지는 집에 조선왕조 계통도를 몰래 숨겨 가지고 있었다.

"지금은 일본 놈들이 우리나라를 지배하고 있지만 우리는 조선 사람이다. 그러니 조선 역사를 알아야 한다."

아버지는 틈이 날 때면 김대중을 불러 앉히고 그 계통도를 펼쳐놓은 후 조선의 역사를 설명해 주었다. 대중은 마음을 졸이며 아버지의 이야기에 귀를 기울였다. 당시 그런 책은 불온문서여서 이런 사실이 일본 순사에게 알려지면 크게 혼이 난다는 것을 어린 대중도 알고 있었다.

아버지가 이장이어서 김대중의 집에는 신문이 무료로 배달되고 있었다. 그래서 김대중은 여덟, 아홉 살 나이 때부터 신문과 친숙해졌는데 그가 가장 관심을 가지고 읽었던 것은 1면의 정치 기사였다. 이 역시 정치에 관심이 많았던 아버지의 영향이라고 할 수 있다.

어린 시절의 성장 환경과 아버지, 어머니의 영향은 건물의 기초처럼 한 사람의 생애를 쌓아올리는 데 중요한 토대가 된다. 멋모르고 술 취한 엿장수의 물건에 손댔다 호되게 꾸중을 들었던 어린 시절의 일에서 알 수 있듯 김대중은 어머니로부터 옳고 그름에 대한 명확한 판단을 할 수 있는 기질을 이어받았고, 강한 독립심도 배울 수 있었다. 또 민족의식이 강하고 정치에 관심이 많았던 아버지는 그가 정치에 뜻을 두게 되고, 불의에 타협하지 않는 올곧은 정치인의 길을 걷게 하는 바탕이 되었다. 뿐만 아니라 그가 다른 정치인들과 달리 코미디언, 가수, 탤런트, 영화배우, 무용가, 국악인 같은 예술인들에게 많은 애정을 가졌던 것도 예인 기질이 풍부했던 아버지를 보면서 자란 영향이라고 할 수 있다.

거기에 김대중의 삶을 쌓아올린 중요한 바탕이 된 또 하나는 바로 바다이다. 그는 1924년 1월 6일, 전라남도 신안군 하의면 후광리에서 아버지 김운식과 어머니 장수금 사이의 둘째 아들로 태어났다.

하의면은 목포에서 직선거리로 34킬로미터 되는 다도해의 섬 가운데 하나이다. 섬은 둥근 모양으로 되어 있고, 한 끝에서 다른 끝까지 거리가 6킬로미터, 면적은 34만 평방킬로미터쯤 되는, 다도해에서는 비교적 큰 섬이다. 〈하의도〉라는 이름은 섬 모양이 물 위에 연꽃이 떠 있는 모습(蓮花浮水-연화부수)을 닮았다 해서 붙여진 것이다.

섬에서 태어난 김대중은 당연히 바다를 좋아했다. 그는 동네 고샅길을 배회하는 것보다 사방이 내려다보이는 언덕에 올라 섬과 섬 사이로 끝없이 펼쳐진 바다를 바라보기 좋아했다. 바다는 그에게 신비와 외경의 대상이었고, 수평선과 파도, 물새, 파도 위에서 고기비늘처럼 빛나는 햇살은 어린 시절 그의 감수성을 키워주고, 꿈과 낭만을 심어 준 둘도 없는 친구였다. 그는 그 바다를 바라보며 바다와 더불어 어린 시절을 보냈다. 그가 뒷날, 태어난 마을 이름 '후광'을 아호로 사용한 것만 봐도 고향 마을과 그 바다를 얼마나 사랑했는지 알 수 있다.

섬 개구리 뭍에 오르다

김대중은 학교에 들어가기 전 서당 교육을 먼저 받았다. 학교에 들어갈 나이가 되었지만, 그 당시 하의도에 아직 보통학교(현재의 초등학교)가 없었기 때문이었다.

대중은 서당에서 천자문을 배우고, 동문선습과 소학을 익혔다. 전문적인 한문 교육이라기보다 초보적인 읽기와 쓰기를 배우는 과정이었다. 비록 단순한 교육과정이었지만 서당 공부는 어린 대중에게 처음으로 배움이 어떤 것인가를 깨닫게 했다.

서당에서는 이따금 시험을 봤다. 훈장 초암草庵 선생은 옛적 과거 보는 형식으로 학동들을 평가하기 즐겨하는 분이었다. 대중은 그 시험에서 장원을 한 적이 있다. 서당에 다니기 시작한 지 여섯 달쯤 지났을 무렵의 일이다.

대중이 장원이라고 쓴 상장을 들고 집에 오자, 어머니는 크게 기뻐하시며 그를 힘껏 끌어안았다. 장원을 하면 훈장에게 답례를 하는 것이 당시 서당 풍습이었다. 어머니는 떡과 부침개, 장난감 등을 마련해 서당을 찾았다. 그리고 훈장뿐 아니라 학동들에게도 고루고루 나눠주었다. 어머니의 기쁨은 그만큼 컸던 것이다. 보통학교가 없어서 서당에는 대중보다 훨씬 나이 많은 아이들이 많았다. 그런 곳에서 서당에 다닌 지 얼마 되지 않은 어린 대중이 장원을 했으니 어머니가 크게 기뻐한 것은 충분히 이해되는 일이었다.

"열심히 공부하거라. 어떤 일이 있어도 너만은 이 엄마가 고등교육을 받게 해 줄 테니 넌 공부만 열심히 하면 돼."

서당에서 돌아오는 길에 어머니는 대중의 손을 힘주어 잡으며 말했다.

이듬해 하의도에 보통학교가 들어섰다. 일 년 동안 서당에 다녔던 대중은 그 학력이 인정되어 2학년에 편입해 들어갔다. 어머니는 어린 대중에게 지나치다 싶을 만큼 공부를 강조했다. 대중은 어머니의 뜻을 받들어 다른 아이들보다 열심히 공부했고, 성적도 좋았다. 그래서 줄곧 반장을 했다. 특히 산수 과목을 잘해 일본인 교장도 그를 자주 칭찬하곤 했다.

한번은 일본에 살고 있는 친척이 김대중의 집에 온 적이 있었다. 그는 대중의 총명함을 보고 일본에 데리고 가서 공부시키고 싶다고 말했다. 대중은 가슴이 두근거렸다. 꼭 일본에 가고 싶었다. 그러나 어머니가 반대했다. 대중이 너무 어리다는 이유에서였다.

대중은 어떻게 해서든 일본에 가고 싶었다. 그래서 이불을 뒤집어쓰고 누워 밥을 먹지 않겠다고 하며 일본에 보내 달라고 떼를 썼다.

"아가, 그러면 안 돼. 어린 너를 낯선 곳에 보내 놓고 이 엄마가 어찌 마음 편하게 지낼 수 있겠니? 더욱이나 너를 다른 사람에게 맡긴다는 것은 당치도 않아."

"일본 가서 열심히 공부만 하면 되잖아요. 어머니도 늘 열심히 공부하라고 말씀하셨잖아요?"

"그런 게 아니래도. 이 엄마가 약속하마. 네가 원하면 이 집 재산을 다 팔아서라도 목포에 데리고 나가 끝까지 공부하게 해 줄 테니 지금은 다른 생각 하지 말거라."

어머니의 간곡한 말에 대중의 고집은 수그러들었다.

어머니의 말씀은 대중을 달래기 위해 허투루 한 소리가 아니었다. 어머니는 약속을 지켰다. 하의도보통학교는 4년제였다. 그래서 졸업해도 그대로 상급학교에 진학할 수 없었다.

대중이 4학년이던 가을, 어머니는 아버지를 설득해서 집과 농토를 처분했다. 대중의 집은 섬에서 부자 소리를 들으며 잘 살았지만, 아들을 계속 공부시키기 위해 섬을 떠나기로 한 것이다. 대중네는 목포로 이사했고, 대중은 목포의 북교보통학교로 전학했다. 우물 안 개구리 같은 섬 소년이었던 대중이 뭍에 오르게 된 것이다.

항구 도시 목포는 섬 소년 대중의 눈이 휘둥그레지게 변화했다. 항구에는 돛단배들의 돛대가 밀림처럼 들어차 있었다. 여러 지방에서 쌀과 면화, 해산물 등을 싣고 온 배들이었다. 그렇게 돛단배에 실려 온 물건들은 커다란 화물선에 옮겨 실어져 일본으로 건너갔다. 목포는 우리 민족이 땀 흘려 생산한 물건들을 일본인들이 자기 나라로 가져가는 출구 역할을 하고 있었다. 그래서 일본 제국주의자들의 착취가 심하면 심할수록 목포 항구는 더욱 번성하고 활기 띠는 묘한 현상을 보여주고 있었다.

목포로 이사 온 대중네 집안은 항구 가까이 있는 여관을 사들여 운영했다. 번성하는 항구 도시에서 특별한 기술이나 경험 없이도 할 수 있는 것이 여관업이었다.

섬 소년 대중은 전학 온 학교에서도 계속 두드러진 성적을 냈다. 그는 도회지 학생들을 제치고 하의도보통학교에서와 마찬가지로 일등을 했다.

식민지 소년의 비애

학업 성적이 좋다고 해서 식민지 소년 김대중의 학교생활이 마냥 즐거운 것은 아니었다. 대중이 5학년 때의 일이다. 일본 제국주의자들은 조선교육령을 개정해 학교에서 우리말을 가르치지도, 사용하지도 못하게 했다. 그 당시 학교에서는 우리 역사나 지리를 조선어 시간에 배우고 있었다. 그런데 우리말을 가르치지 못하게 해서 조선어 시간이 없어짐으로써 우리 역사와 지리 등 우리 민족과 관련된 것을 배울 수 있는 기회가 모두 사라진 것이다.

그 무렵의 어느 날이다. 아버지가 대중에게 볼 일이 있어 학교로 찾아왔다. 아버지는 일본말을 할 줄 몰랐다. 아예 배우려고도 하지 않았다. 대중을 만난 아버지는 꿀 먹은 벙어리처럼 아무 말도 하지 못했다. 학교 안에서 조선말을 사용하지 못하게 해서, 그것을 위반하면 아들이 처벌받는다는 것을 알고 있었기 때문이다.

"……."

"……."

아버지와 아들은 서로 바라보기만 했다. 아버지는 입을 열 듯 열 듯하다 그대로 계셨다. 대중도 일본말을 모르는 아버지에게 일본어로 말을 할 수는 없었다. 한동안 침묵이 흘렀고, 아버지는 결국 그대로 돌아서서 휘적휘적 교문을 걸어나가셨다. 아버지와 아들 사이에서도 우리말을 사용할 수 없어 벙어리 놀음을 해야 했던, 식민지 백성의 비애를 새삼 깨닫게 하는 순간이었다.

1939년 4월, 김대중은 북교보통학교를 전체 수석으로 졸업하고 목포상업학교에 수석으로 합격했다. 요즘의 중·고등학교를 합친 5년제 과정으로, 상업학교를 그리 높게 평가하지 않는 요즘과 달리 당시의 목포상업학교는 전국적으로 이름이 알려진 명문교였다. 그만큼 입시 경쟁도 치열했는데, 거기에 수석 합격을 한 것이다.

김대중이 일반 중학교가 아닌 상업학교에 진학한 것은 장래 실업가가 되겠다는 꿈 때문이었다. 그러나 입학 후 대중은 정치 쪽으로 더 많은 관심을 갖기 시작했다. 학교에서는 한 달에 한 번씩 시국 강연회가 열리고 있었다. 김대중은 그 강연회에 대단한 흥미를 느꼈다. 강연회에서는 한반도와 일본,

그리고 세계정세에 대한 이야기를 들을 수 있었고, 강연회의 영향으로 그런 방면의 책들도 열심히 찾아 읽었다.

김대중은 때때로 강연회에서 날카로운 질문을 던져 연사인 현역 군사 교관이 대답을 제대로 못하고 쩔쩔매게 만들기도 했다. 그래서 선생님들은 그에게 '너는 사리가 분명해서 남을 설득하는 능력이 있다' 고 호의적으로 격려해 주기도 했다.

그러나 장차 정치의 길로 나가기를 꿈꾸는 식민지 소년에게 현실은 장밋빛이 아니었다. 1939년 9월 1일, 독일이 폴란드를 침공함으로써 제2차 세계대전이 일어나고, 전 세계는 전쟁의 공포에 휩싸이게 되었다. 일본 제국주의자들은 그 기회를 식민지인 우리나라를 더욱 억압하는 수단으로 삼았다.

그해 11월, 일본은 '창씨개명령' 을 공포하고(1940년 2월 11일 시행), 우리 성을 일본식으로 바꾸라고 강요하기 시작했다. 또 우리말 신문인 동아일보와 조선일보를 강제 폐간시켰고, 이듬해(1941년) 4월에는 〈문장〉과 〈인문평론〉 같은 순수 문예지까지 내지 못하게 했다. 그리고 마침내 12월 8일, 일본군은 진주만을 기습해 태평양 전쟁을 일으켰다.

김대중은 학교 성적이 떨어지기 시작했다. 입학 당시 동급생 수는 164명으로, 일본인 학생과 조선인 학생이 반반 정도였다. 그는 처음에는 일본인 학생들에게 지지 않으려고 열심히 공부했고, 그들을 제치고 1등을 할 수 있었다. 그러나 나라

잃은 슬픔, 식민지 학생의 비애를 경험하면서 예전처럼 학업에 열중할 수 없었다. 뿐만 아니라 학교에서는 특별한 이유 없이 그를 '문제가 있는 학생' '요 경계 생도'로 지목해서 곱지 않게 보았다. 그가 너무 똑똑하다는 점 때문인지도 몰랐다. 그처럼 눈총을 받고 있는 상황에서 아무리 열심히 공부한다고 해도 성적이 좋게 나올 리 없었다.

어려움은 그뿐이 아니었다. 일본인 상급생들은 걸핏하면 그를 데려다 뭇매를 때렸다. 사상이 나쁘다는 이유에서였다. 억울하게 당하는 매질이었지만 어디 하소연할 곳도 없었다. 그것은 좀 똑똑하고, 생각이 올바로 박혔다고 생각되던 대부분 식민지 학생들이 당시 겪어야 했던 비애였다.

3학년이 되자 김대중은 취업반 급장을 그만두고, 진학반으로 옮겨갔다. 대학에 진학하기로 진로를 바꾼 것이다. 그는 혼자 속으로 일본으로 도항해서 대학공부를 하겠다는 뜻을 세웠다. 그러나 주변 상황은 그가 남몰래 간직하고 있던 꿈을 점점 실현하기 어렵게 만들었다. 태평양 전쟁을 일으킨 일본은 궁지에 몰리고 있었다. 미 해군의 해상 봉쇄로 일본 도항은 쉬운 일이 아니었다. 정식으로 여행 허가를 받아 일본으로 가기란 더욱 어려웠다.

대학에 갈 수 없다면 죽자사자 공부에 매달릴 필요도 없었다. 그는 조금은 자포자기하는 심정이 되어 더욱 공부에 전념

할 수 없었고, 전체 수석으로 입학했던 그의 졸업 성적은 164명 중 39등이었다.

식민지 소년 김대중의 학창 생활은 그렇게 끝이 났다. 그는 1943년 가을, 목포상업학교를 졸업했다. 본래 1944년 봄 졸업 예정이었지만, 태평양 전쟁에서 궁지에 몰리고 있던 일본의 전시 특별조치에 따라 일찍 졸업을 하게 된 것이다.

목포상업학교 시절(가장 오른쪽).
장래 실업가가 되겠다는 꿈 때문에 상업학교에 진학했지만 입학 후 김대중은
정치 쪽으로 더 많은 관심을 갖기 시작했다.

2

청년 실업가 김대중

사랑은 아름다워라

김대중은 목포상업학교를 졸업하고 얼마 후 목포상선이라는 일본인 해운회사에 취업했다. 학교 다닐 때 요주의 인물로 경계 대상이 되어 있었지만, 그것이 취업하는 데 별 문제가 되지는 않았다. 전쟁 탓에 어디서든 일손이 딸렸기 때문이다. 그래도 목포경찰서에서 그를 주목하고 있었던 모양으로 한 번은 일본인 사장이 경찰에서 조회가 왔는데 자기가 보증을 서서 책임지겠다고 했으니 걱정 말라는 이야기를 했다.

그 무렵 김대중은 한 송이 백합을 만난다. 차용애라는 아가씨였다. 길거리에서 우연히 마주친 그녀에게 한눈에 반해버린 것이다.

그녀는 하얀 원피스 차림에 꽃무늬가 있는 양산을 받쳐 들고 다소곳이 고개를 숙인 채, 마치 자기 발걸음이라도 세듯 또박또박 걸어가고 있었다. 단정한 머릿결에 하얀 피부! 그녀는 항구 도시의 어수선하고 칙칙한 분위기 속에서 피어난 한 송이 백합이었다. 김대중의 가슴은 심하게 고동쳤다.

김대중에게 그녀는 아주 모르는 여인은 아니었다. 목포상업학교 동기생이었던 친구의 여동생이었던 것이다. 학교에 다닐 때는 아직 어렸던 탓인지 그녀에게 별다른 관심이 없었는데, 눈부시게 성장한 모습으로 문득 눈앞에 나타난 그녀는 단숨에 대중의 마음을 사로잡았다. 그녀는 일본 나가노 현의 여학교에 다니던 학생이었는데 미국의 일본 본토 폭격이 심해지자 아버지가 강제로 돌아오게 해서 목포 집에 머물고 있었던 것이다.

다음 날 김대중은 친구를 만난다는 구실로 그녀의 집을 찾았다. 그는 무슨 일을 즉흥적으로 결정하기보다 매사에 신중한 편이었다. 그러므로 길거리에서 우연히 마주친 그녀에 대해서 느꼈던 감정이 혹시 외적인 조건, 가령 하얀 원피스와 꽃무늬 양산, 그리고 자신이 그토록 원했던 일본 유학을 다녀온 여성이라는 점 등등에서 느꼈던 순간적인 호감은 아니었나 확인하고 싶었던 것이다.

친구의 집에 가서 몰래 훔쳐본 그녀의 모습은 여전히 아름답고, 성격도 쾌활한 것 같았다. 그 후 김대중은 자주 친구의 집을 드나들게 되었다. 물론 친구의 여동생을 만나기 위해서였다. 그들은 자연스럽게 인사를 나누고, 함께 이야기도 하게 되었다. 차용애도 그에게 호감을 갖고 있었다. 그들은 점점 가까워졌고, 어느덧 장래를 약속하는 사이가 되었다.

그러나 결혼 이야기가 나오자 그녀의 아버지가 크게 반대하고 나섰다. 언제 전쟁터에 끌려가 죽을지 모르는 사내에게 딸을 줄 수 없다는 이유에서였다. 멀쩡하던 젊은이가 일본군에 징집되어 갔다가 사망 통지서 한 장으로 돌아오는 경우를 주변에서 흔히 볼 수 있던 시절이었다. 김대중도 얼마 전 징병 검사를 받은 탓에 언제 일본군에 끌려갈지 모를 상황이었다. 더욱이 그녀의 아버지는 마음에 두고 있던 다른 사윗감이 있었다. 징집 연령이 지나 군대에 끌려갈 염려가 없는 사람이었다.

그나마 다행인 것은 그녀의 어머니가 김대중을 밀어주고 있다는 사실이었다. 동기생인 친구도 내놓고 자기주장을 말하지는 않았지만 그의 편이었다. 2대 1의 상황인 것이다.

어느 날 차용애의 아버지는 가족과 김대중을 불러 놓고 최종적으로 딸의 의견을 물었다.

"용애야, 네 생각은 어떠냐? 남편을 다시 돌아오지 못할지도 모르는 전쟁터로 떠나보내는 쪽을 택하겠느냐, 그런 걱정 없이 평온한 가정을 이루고 살 수 있는 쪽을 택하겠느냐? 네 일생이 걸린 문제다. 신중하게 생각해서 의견을 이야기해 봐라."

차용애의 하얀 얼굴을 바라보는 김대중의 가슴은 심하게 두근거렸다. 그녀의 마음은 알고 있었지만 부모에 대해서 매우 순종적인 그녀였다. 혹시 다른 말이라도 나온다면……. 그녀가 입을 떼기까지의 짧은 순간이 마치 영겁의 세월이라도 되는 것 같았다.

"이 사람과 결혼하지 못한다면 차라리 평생 혼자 살겠어요."

마침내 차용애의 입에서 흘러나온 단호한 말이었다.

그들은 그렇게 결혼했다. 결혼 문제든 그밖에 무슨 일이든 자식의 생각을 듣기보다 부모의 뜻을 일방적으로 받아들이도록 강요하는 일이 흔했던 시절이다. 그런데 그녀의 가정은 매우 민주적이었고, 그런 민주적인 절차가 그에게 행운을 가져다준 것이다. 결혼에 반대했던 그녀의 아버지도 결혼 후에는 사위를 지극히 사랑하는 장인이 되었다.

그들이 결혼한 것은 1945년 4월 9일, 김대중이 스무 살 때였다.

언제 징집영장이 날아올지 모를 상황에서의 신혼 생활은 불안하기 짝이 없었다. 그렇게 넉 달쯤 지난 1945년 8월 15일 정오…….

> 짐은 세계의 대세와 제국의 현 상황을 깊이 생각하여 비상조치로써 시국을 수습코자 여기 충량한 그대들 신민에게 고하노라. 짐은 제국정부로 하여금 미 · 영 · 중 · 소 4국에 대하여…….

라디오에서 흘러나온 일본 천황 히로히토의 떨리는 목소리! 일본의 무조건 항복을 알리는 방송이었다.

방송을 들은 김대중과 차용애는 눈물이 뒤범벅되어 부둥켜안고 울다가 웃고, 웃다가 다시 울고, 그러다가 두 손을 치켜들고 수없이 만세를 불렀다. 해방의 기쁨도 기쁨이려니와 더 이상 전쟁터로 끌려갈 것을 걱정할 필요 없게 되었다는 사실에 해방은 그들에게 어느 누구보다도 큰 감격을 안겨 주었다.

전쟁의 소용돌이 속에서

해방 후 김대중은 일본인이 사주였던 목포상선에 한동안 그대로 근무했다. 젊은 나이였지만 그동안 목포상선의 관리를 맡아서 운영해 왔기 때문에 청년 실업가로서의 능력을 인정받고 있었다. 일본인 사주가 물러나자 종업원 단체가 위원회를 조직했고, 김대중을 위원장으로 선출한 것이다. 회사를 실질적으로 운영하는 사장과 같은 자리였다.

한편 몽양 여운형이 이끄는 건국준비위원회가 조직되자 김대중은 거기에 참여했다. 이듬해는 조선민주당 목포지부가 결성되었다. 학창 시절부터 정치에 관심을 가졌던 그는 거기에도 참여해 해방된 조국에서 자신의 뜻을 펼칠 수 있는 기회를 갖고자 한다. 그러나 두 곳 모두 좌경화 움직임을 보이자 탈퇴한다.

회사일도 꼬이고 있었다. 노동조합이 만들어지고, 종업원들은 회사 측에 급여 인상 등의 처우 개선을 요구했다. 회사 운영을 실질적으로 맡고 있던 김대중이 해결해야 할 문제였는데, 해방 직후의 어수선한 상황에서 회사 경영이 불안정한 상태였으므로 들어주기 어려운 요구였다. 엎친 데 덮쳐서 미군정청에서는 회사와 아무 연고 없는 사람을 관리인으로 임명했다.

김대중은 회사를 그만두고 스스로 해운회사를 차렸다. 또 목포일보도 인수했다. 1948년 10월의 일이다. 목포일보는 일제시대 때 일본어로 발행되던, 지방지로서는 우리나라에서 가장 오랜 역사를 가진 신문으로 해방 후 경영자가 없어 종업원만으로 발행해 오던 것을 그가 인수한 것이다.

그는 해운회사 사장으로서, 또 신문사 사주로서 마음껏 사업 수완을 발휘했다. 그럴 즈음 6·25 전쟁이 그의 덜미를 잡았다.

1950년 6월 25일, 김대중은 사업 관계로 서울에 출장 와 머물고 있었다.

일요일인 그날 오전, 해군 장교 친구가 외출을 나와 그가 머물고 있던 여관으로 찾아왔다. 그들은 한가한 마음으로 번화가인 명동에 나와 점심 식사를 했다. 그리고 밖으로 나왔을 때였다.

"군인들은 지금 즉시 원대 복귀하라! 반복한다! 군인들은 지금 즉시……."

군용 트럭 한 대가 빠른 속도로 달리면서 스피커로 되풀이해서 외쳐댔다.

"무슨 일이지?"

김대중은 친구의 얼굴을 바라보며 물었다.

"글쎄……."

친구도 영문을 모르겠다는 표정이었다. 군 복무 중인 장교도 전혀 짐작을 할 수 없었을 만큼 6·25 전쟁은 그렇게 갑작스레 발발한 것이다.

그들은 곧 헤어져 친구는 부대로 돌아갔고 김대중은 아는 사람을 찾아갔다가 북한군이 삼팔선을 넘어 전면적인 침공을 해 왔다는 사실을 알게 되었다. 그러나 별 걱정은 하지 않았다. 그동안 삼팔선에서 늘 분쟁이 있어왔던 터였기 때문이다. 더욱이나 정부는 큰소리를 펑펑 치고 있었다.

"대통령이 명령만 내리면 우리 국군은 3일 안에 평양에, 그리고 일주일 안에 압록강에 이르러 그 물을 대통령에게 바칠 수 있다."

당시 국방장관 신성모가 했던 소리였다.

사흘째 되는 날, 이승만 대통령이 라디오를 통해 직접 담화를 발표했다. 서울은 어떤 일이 있어도 사수할 것이니 국민 여러분은 안심해 주기 바란다는 내용이었다. 대부분의 서울

시민들은 그 말을 그대로 믿었다. 그러나 그때 이승만은 이미 대전으로 옮겨간 후였다.

여관에서 다른 손님들과 대통령의 담화를 직접 들었던 김대중은 안심하고 여관에 그대로 머물고 있었다. 그런데 나흘째 되던 날인 28일 새벽, 밖이 소란스러워 잠이 깼다. 밖으로 나가보니 거리는 북쪽에서 내려온 피난민들로 큰 혼잡을 이루고 있었다. 얼마 후에는 인민군까지 그가 머물고 있는 여관 인근에 나타났다.

김대중은 비로소 사태를 제대로 깨달을 수 있었다. 당장 남쪽으로 내려가려 했으나 한강 다리가 이미 끊어진 후였다. 나룻배라도 한 척 구해 강을 건너려 했지만 그럴만한 돈을 가지고 있지 못했다.

어정쩡하게 서울에서 며칠을 보내고 있던 어느 날이다. 거리에 사람들이 모여 웅성거리고 있어 가보니 복판에 한 남자가 꿇어앉아 있었다.

"이 반동분자를 어떻게 하면 좋겠소?"

공산당 지도자인 듯한 사내가 목청을 높여 말했다.

"처형하시오!"

모여 있던 사람들이 일제히 소리쳤다. 이른바 인민재판이었다. 재판은 그것으로 끝났고, 몇몇 사람이 나서서 꿇어앉아 있던 남자를 어디론가 끌고 갔다.

사람들 뒤쪽에서 그 모습을 지켜보던 김대중은 온몸에 소름이 돋았다. 그리고 서울에 그대로 있다가는 언제 무슨 꼴을 당할지 모른다는 두려움을 느끼지 않을 수 없었다. 그는 친구 다섯과 돈을 모아 작은 배를 빌려 한강을 건널 수 있었다.

한강은 건넜지만 목포까지는 4백 킬로미터, 천릿길이었다. 그는 주린 배를 움켜쥐고 천릿길을 걸어 스무날 만에 목포에 도착했다.

집 앞에 어머니의 모습이 보였다. 그를 기다리고 있었던 것이다. 집에는 들어갈 수 없었다. 인민군이 우익 반동분자, 자본가의 집이라고 해서 숟가락 하나까지 세간을 모두 몰수해 가고, 집을 봉인해 놓았기 때문이다.

그때 아내는 둘째 아이의 출산을 앞두고 있었다. 그러나 병원은커녕 집 안에도 들어갈 수 없는 형편이었다. 그의 아내는 태평양 전쟁이 한창이던 무렵 일본군이 파 놓은 인근의 방공호 안에서 아이를 출산할 수밖에 없었다.

김대중이 목포로 돌아온 지 사흘째 되던 날이다. 내무서원들이 들이닥쳐 그를 인민위원회로 연행해 갔다.

"김대중, 너는 우리 애국자를 얼마나 밀고했어?"

정치보위부 장교가 그를 심문했다. 그런 일이 없다고 부인하자, 무수한 매질이 이어졌다. 지루한 심문과 매질은 여러 날 되풀이되었고, 심문을 계속해 봐야 캐낼 것이 없다고 판단한 듯 보위부 장교는 그를 형무소로 보냈다.

형무소에서는 더 이상 매질이나 심문은 없었다. 그러나 죄수들을 내버리다시피 가두어 두고 있었기 때문에 식사가 조잡하기 짝이 없었다. 하루에 조그만 주먹밥 두 개가 전부였다. 김대중은 가만히 엎드려서 체력의 소모를 막았다.

1950년 9월 15일, 맥아더 장군이 지휘하는 한·미 해병대가 인천상륙작전에 성공함으로써 6·25 전쟁은 전세가 역전되기 시작했다.

9월 18일, 퇴각을 앞둔 인민군들은 형무소에 갇혀 있던 사람들을 모두 강당에 집합시켰다. 200명쯤 되는 인원이었다. 인민군들은 입구 쪽에 있던 사람 50여 명을 밖으로 데리고 나갔다. 처형이 시작된 것이다. 강당 안은 순식간에 비명과 울부짖음으로 아비규환이 되었다. 인민군들은 총을 겨누며 위협했고, 사람들은 공포에 떨면서도 잠잠해졌다.

김대중도 '이제 죽는구나!' 생각하니 정신이 아득해지며, 아내와 가족 등 여러 사람들의 모습이 뒤엉켜 머릿속에서 엇갈렸다. 그런데 사람들이 두 차례 더 끌려나간 후, 더 이상 끌어내는 일이 중단되었다. 나중에 안 사실이지만 사람들을 처형장으로 실어 나르던 트럭 운전자가 일부러 차를 고장낸 것이었다. 시간을 지체해 사람들이 도망갈 기회를 주기 위해서였다.

퇴각을 서두르던 인민군들은 처형을 계속하지 못하고 그대로 철수했다. 그러나 죽음의 공포는 끝난 것이 아니었다. 퇴각하지 않고 남아 있던 지방 공산당원들이 계속 그들을 위협했다. 다행히 처형은 더 이상 진행되지 않았고, 지방 공산당원들도 밤이 되자 모습을 감췄다.

"탈출합시다. 이대로 있다가는 개죽음을 당합니다."

김대중은 주변에 있는 사람들에게 말했다.

"그래요. 탈출합시다. 지금이 기회입니다."

"옳은 말입니다. 용기를 냅시다."

사람들이 호응했고, 김대중은 다른 사람들과 힘을 합쳐 옥문을 발로 차서 넘어뜨렸다. 밖으로 나온 그들은 죄수복을 벗어던지고 형무소에 보관되어 있던 옷으로 갈아입었다. 그리고 형무소 담을 넘었다. 일생 동안 다섯 차례나 죽을 고비를 넘겼던 김대중이 첫 번째 죽음의 고비를 넘기는 순간이었다. 하늘에는 일년 중 가장 밝다는 음력 팔월의 보름달이 둥실 떠 있었다.

그날 처형장으로 끌려나간 사람은 백여 명이었는데 모두 죽음을 당하고 단 한 사람만 살아남았다. 다름 아닌 김대중의 장인이었다. 그는 인민군들이 사격을 가하자 그대로 기절했는데, 그 후 두 차례나 확인 사격을 했음에도 용케 총알이 피해가 목숨을 건질 수 있었던 것이다.

형무소를 탈출한 사람은 120명쯤이었다. 그중에는 김대중의 동생도 있었다. 동생과 그는 곧장 항구 가까이 있는 김대중의 집으로 와서 천장 뒤쪽을 넓히고 거기 숨어서 지냈다. 인민군 정규군은 철수했지만 아직 상황이 불안했기 때문이었다. 산에서 빨치산들이 내려와 우익 인사들을 찾아내 처형하고 있었다. 항구 가까이 있는 김대중의 집은 빨치산들의 위협으로부터 비교적 안전한 편이었다. 그때 탈출했던 120명 중 집에 그대로 있다 빨치산들에게 죽음을 당한 사람이 30여 명이나 되었다.

그해 연말, 김대중은 해상방위대에 참가했다. 해상방위대는 정규군과 싸우는 것이 아니라 후방에서 게릴라를 소탕하는 것이 주 임무로, 대부분 공산 치하를 직접 겪어 보고 애국심에 불타 자발적으로 참여한 사람들이었다.

김대중은 해상방위대에서 전라도 지구 부사령관까지 지위가 올라갔다. 그러나 해상방위대는 국민방위군 사건이 터지는 바람에 이듬해 3월 해산되고 말았다. 국민방위군 사건은 1·4 후퇴 때 일부 고급 장교들이 국고금과 군량미 등을 횡령해서 방위군 장성들이 굶주림으로 천여 명이나 사망한 부정 사건이다. 이 사건으로 방위군 총사령관 김윤근과 부사령관 윤익헌 등 다섯 명이 처형되고, 국민방위군은 해체되었다.

새로운 도전

1951년 가을, 김대중은 가족을 이끌고 목포에서 부산으로 이사와 있었다. 사업을 크게 한번 일으켜보자는 생각에서였다.

당시 부산은 임시 수도여서 모든 정부 기관이 모여 있었고, 정부 기관은 사업가에게 가장 큰 고객이었다. 그는 국영기업인 금융조합 연합회와 계약을 맺을 수 있었다. 금융조합 연합회는 현재의 농협중앙회에 해당되는 기관으로, 그곳의 곡물과 비료, 농약 등을 독점적으로 운송하게 된 것이다.

사업은 순조롭게 뻗어나갔다. 그 무렵 김대중이 운영하던 흥국해운은 배가 두 척뿐이었다. 두 척으로는 운송 물량을 감당하기 어림도 없었다. 그는 은행에서 융자를 받아 중고 화물선 세 척을 일본에서 사왔다. 또 다른 회사로부터 배를 임대해 화물선을 열 척쯤 가지고 사업을 하게 되었다.

종업원들도 열심히 일했다. 사업의 번창으로 그들의 주머니를 두둑이 채워줄 수 있었기 때문이다. 며칠씩 걸리는 항해에서 돌아오는 날이면 모두 둘러앉아 돼지고기를 굽고, 술판을 벌였다. 아직 전쟁 중이어서 물자가 많이 부족했던 시절이었지만 상차림은 푸짐했다. 김대중도 물론 그 자리에 종업원들과 어우러졌다.

"보소, 사장님! 우리는 사장님과 가족이나 다름없습니다. 우리를 버리지 말고 끝까지 함께 가셔야 합니다."

"물론이죠. 제 사업이 날로 번창하는 것은 모두 여러분들이 열심히 일해주시는 덕분인데, 여러분들을 버릴 리 있겠습니까?"

"고맙습니다. 우리는 사장님만 믿습니다."

종업원들은 모두 젊은 사업가 김대중을 믿고 따랐다. 김대중으로서는 참으로 행복한 나날들이었다.

그러나 김대중은 한 식구처럼 지내던 그들과의 약속을 지키지 못했다. 정치 때문이었다. 사업은 계속 번창했고, 종업원들이 끝까지 함께 하자고 졸랐지만 학창시절부터 품어왔던 정치에 대한 꿈을 접기에는 그의 의지가 너무 강렬했다. 특히 6·25 전쟁은 그에게 정치로 향한 뜻을 더욱 강하게 다지는 계기가 되었다. 바르지 못한 정치가 국민들에게 얼마나 큰 고통을 주고 있는가를 몸으로 뼈저리게 느끼고, 깨달을 수 있게 해 주었기 때문이다. 정치가의 길로 나서 그것을 바로잡아보고 싶었다.

1954년, 김대중은 목포에서 민의원 선거에 출마한다. 해방 후 세 번째 치러지는 민의원 선거로, 그의 나이 아직 서른도 되지 않았을 때였다.

젊은 나이였지만 그는 당선에 대한 확신이 있었다. 당시 목포에서는 노동조합의 움직임이 선거에 커다란 영향을 미치고 있었다. 그 전 선거에서도 노동조합 출신이 민의원에 당선되었다. 그런데 노조위원장과 간부들이 모두 김대중에게 호의를 보이고 있는 것이었다. 그들은 김대중이 노동자들의 입장을 가장 잘 이해한다고 믿었고, 또한 그가 경영자로서 종업원들의 처우 개선 등 노동자들을 위해 남다른 노력을 기울여 온 것이 사실이기 때문이다. 노조의 힘을 등에 업고 선거를 치른다면 당선은 땅 짚고 헤엄치기나 마찬가지였다. 목포시민들도 젊은 나이에 사업가로 성공한 그에게 많은 지지를 보내고 있었다.

김대중은 무소속으로 출마했다. 노조에서 당시 야당인 민주국민당에 입당해서는 안 된다는 조건을 내세웠기 때문이다. 이승만의 올바르지 못한 정치에 반대해서 정치가의 길로 나설 것을 결심한 김대중으로서는 여당인 자유당에 입당해 후보가 되는 것은 더욱 있을 수 없는 일이었다.

무소속의 젊은 정치인 김대중이 여당 후보를 밀어내고 당선될 가능성이 높아지자 자유당 정권은 공권력을 동원해 그의 강력한 후원세력인 노조에 압력을 가했다. 경찰이 노조 간부들을 모조리 체포해버린 것이다. '노동조합은 국가 기관단체인데 여당 아닌 무소속 후보를 지지한다'는 말도 안 되는 죄목을 걸어서였다.

노조 간부들은 결국 경찰의 압력에 굴복해서 김대중에 대한 지지를 철회하고, 여당 후보를 지지하겠다는 각서를 쓰고 풀려나올 수 있었다. 그리고 경찰의 지시대로 조합원들을 모아 놓고 김대중에 대한 지지를 철회하고 여당 후보를 지지한다는 선언을 했다. 그런 우여곡절 끝에 정치가로서의 새로운 길을 내걷기 시작한 김대중의 첫 도전은 실패로 끝나고 말았다.

3 시련의 세월들

좌절, 좌절, 좌절……

4년 후인 1958년, 김대중은 다시 민의원 선거에 도전할 수 있는 기회를 갖는다. 이태 전인 1956년 5월에 치러진 제3대 정·부통령 선거가 끝난 후 그는 민주당에 입당해서 본격적인 정치 활동을 하고 있었다. 당시 부통령에 당선된 장면은 젊은 김대중의 능력을 높이 평가하고, 각별히 사랑했다. 김대중은 우리 정치사에서 양심적이고 지성적인 정치인으로 손꼽히는 장면으로부터 본격적으로 정치를 배울 수 있었다.

1958년의 4대 민의원 선거에서 그가 출마하게 된 선거구는 목포가 아닌 강원도 인제였다. 목포에는 민주당 소속 현역 국회의원이 다시 출마하게 되어 있어서 장면의 배려로 인제를 새 선거구로 갖게 된 것이다.

"주민 대부분이 군인과 그 가족들이어서 충분히 승산이 있네. 군인들은 지금 우리 야당을 절대적으로 지지하고 있으니 열심히 싸워서 반드시 승리하도록 하게."

장면은 물 설고, 인심도 설은 타향에서 출마하는 김대중을 이렇게 격려했다. 그 당시 군인들 가운데 야당 지지자가 많았던 것은 사실이고, 낯선 곳이라고 해도 충분히 승산 있는 싸움이었다. 그러나 김대중은 그 선거에서 후보 등록조차 할 수 없었다. 당시 선거법은 민의원에 출마하려면 추천자들의 서명 날인을 받도록 되어 있었다. 김대중은 법규대로 주민들이 서명 날인한 추천서를 첨부해서 후보 등록을 했다.

이제 남은 일은 최선을 다해 선거에 승리하는 것뿐이었다. 그러나 생각지도 못했던 엉뚱한 사태가 벌어졌다. 김대중이 후보 등록을 한 날 밤, 자유당 후보 측은 김대중을 추천한 사람들이 다시 자유당 후보를 추천하도록 술책을 부렸다. 그리고 선거관리위원회에서는 추천자가 중복된다는 이유로 김대중의 후보 등록이 무효라는 결정을 내렸다.

김대중은 허둥지둥 추천을 새로 받아 다시 후보 등록을 했다. 그러나 선거관리위원회는 또 엉뚱한 요구를 했다. 추천자 전원의 인감도장을 가져와야 한다는 것이었다. 그것은 불가능했다. 군청에서 오래 전에 주민들의 인감을 걷어가 보관하고 있어서 김대중 후보 측은 추천자들의 양해를 얻어 호박 꼭지에 도장을 파서 추천서에 서명 날인하도록 했던 것이기 때문이다.

더 이상 물러설 곳이 없게 된 김대중이었다. 그는 지지자들과 함께 선거관리위원회의 부당한 요구에 거칠게 항의했다. 선거관리위원회는 공권력을 동원했다. 김대중과 지지자들은 선거관리위원회의 요청으로 출동한 경찰 병력에 떠밀려 쫓겨나올 수밖에 없었다.

김대중은 분통이 터지고, 너무 억울해서 견딜 수 없었다. 그는 군대에라도 호소해 봐야겠다는 생각이 들었다. 이곳이 군인 도시이므로 의회 민주주의뿌리를 위협하는 선거 부정에 대해서 군도 관심을 가져야 한다는 생각이 든 것이다. 그는 그곳에 주둔해 있는 부대의 사단장 관사를 찾았다. 관사는 그가 경찰에 떠밀려 쫓겨난 선거관리위원회가 있는 군청에서 20미터쯤의 거리였다.

공교롭게도 사단장은 집에 없었다.

"사단장님 성함이 어떻게 됩니까?"

그는 당번병에게 물었다. 나중에 다시 찾아오기 위해 이름 정도는 알아두기 위해서였다.

"박정희 장군님이십니다."

김대중은 그 이름을 머리에 새겨 두었고 그 후 다시 사단장 관사를 찾았지만 역시 부재중이어서 만날 수 없었다. 후일 날카로운 정치적 라이벌이 된 김대중과 박정희 두 사람이 만날 뻔했던 기회는 그렇게 무산되었고, 그로부터 정확하게 3년 뒤 박정희는 5·16 군사 정변을 일으켜 권력을 장악하게 된다.

김대중 후보 등록 방해 사건은 신문들에 대대적으로 보도되었다. 그러나 그뿐, 그는 결국 선거에 출마할 수 없었다.

"여보, 당신 볼 낯이 없소."

김대중은 누구보다도 아내 차용애에게 미안했다. 1954년 정치를 하겠다고 새로운 길로 들어선 이후 아내에게 많은 고생을 시킨 그였다. 그래서 이번에는 반드시 당선의 영광을 안겨 아내를 기쁘게 해 주고 싶었는데 선거를 치러보지도 못하고 주저앉게 되다니! 그의 마음은 참담했다.

"무슨 말씀이세요. 용기를 잃지 말고 끝까지 싸우세요. 혹 일이 잘못돼서 당신이 구속되더라도 아이들은 제가 책임지고 기르겠어요."

아내는 오히려 김대중을 격려했다.

선거에서는 자유당 후보가 당선되었다. 김대중은 자유당 당선자를 후보 등록 방해 혐의로 법원에 제소했다. 그리고 이듬해 3월, 10여 개월의 긴 재판 끝에 대법원의 승소 판결을 얻어낼 수 있었다. 자유당 후보의 당선이 무효되고, 다시 선거를 치르게 된 것이다.

김대중은 그해 6월에 치러진 보궐선거에 출마했다. 그러나 흑색선전과 부정으로 얼룩진 선거판에서 그의 승리를 기대하기는 애초부터 어려운 일이었다. 선거 기간 동안 그가 아무리 연설회를 열어도 사람들이 모이지 않았다. 연설회장에 서성거리고 있는 것은 사복 차림의 형사들과 군의 첩보기관 요원들뿐이었다. 사람들이 연설회장에 오지 못하도록 감시하고 있는 것이었다.

김대중을 더욱 괴롭힌 것은 그를 빨갱이로 몰아붙이는 일이었다.

"김대중과 나는 같은 세포조직에 있었다. 그리고 어릴 적부터 친구다. 그래서 누구보다도 그를 잘 안다. 그는 빨갱이다. 목포 사람인 김대중이 왜 최전방 지역인 이곳까지 와서 출마했을지 생각해 보라. 그는 이 전방 지역을 북쪽으로 넘겨주기 위한 공작을 하기 위해 이곳에서 출마한 것이다."

자유당 측은 김대중과 죽마고우였다는 사람을 내세워 이와 같은 흑색선전을 하고 다녔다. 김대중으로서는 얼굴도 모르는 사람이었다. 더욱이 그는 목포 사람도 아닌, 목포에서 천이백 리나 떨어진 여수 출신이었다. 그러나 같은 전라도에서 왔다는 이유만으로 사람들은 그의 말을 그대로 믿었다.

반공의식이 어느 곳보다 강했던 최전방 지역이어서 흑색선전은 그대로 먹혀들었다. 6·25 때 인민군에게 죽을 고비를 겨우 넘겼던 김대중으로서는 빨갱이로 몰린다는 것이 참으로 어처구니없고 분통 터지는 일이었지만 연설회장에 사람이 모이지 않으니 그 말이 흑색선전이라는 것을 해명할 수 있는 기회도 없었다.

투표일에는 노골적인 부정선거까지 자행되었다. 군부대 안에 설치된 투표소에서 중대장들이 입구에 버티고 서 있다가 사병들이 기표한 투표용지를 일일이 검사해서 자유당 후보를 찍은 표는 투표함에 넣고, 김대중을 찍은 투표용지는 찢어버렸다.

김대중은 패배했다. 온갖 부정과 흑색선전으로 얼룩진 선거판에서 그의 낙선은 당연한 일이었다. 엎친 데 덮쳐 그는 아내 차용애를 잃는 슬픔까지 겪어야 했다. 김대중에게 참으로 착하고, 고맙고, 언제나 큰 힘이 되어주었던 아내! 그녀가 김대중과 어린 두 아들 홍일, 홍업을 남겨 놓고 훌쩍 세상을 뜬 것이다. 아내의 죽음은 김대중에게 선거의 패배보다 더 큰 충격이고 악몽이었다.

김대중에게 쓰라린 상처만 안겨 준 1959년은 그렇게 흘러가고 혼돈의 막바지로 치닫던 세상은 빛의 길로 나가고 있었다. 1960년 4월 19일의 학생 혁명으로 온갖 부정과 부패가 판을 치던 이승만의 자유당 독재 정권이 막을 내린 것이다. 그리고 김대중에게 다시 기회가 왔다. 4·19 혁명으로 국회가 해산되고 2년 만에 5대 민의원 선거를 하게 된 것이다.

1960년 7월에 치러진 그 선거에서 김대중은 또 패배한다. 그때 처음으로 부재자 투표가 실시되어 그의 지지층인 젊은 군인들은 모두 고향에서 출마한 후보에게 부재자 투표를 했고, 그 때문에 김대중은 고전하지 않을 수 없었다. 그는 인제군 6개 면 중 5개 면에서 승리했으나 다른 한 곳에서 상대 후보의 몰표가 나와 불과 100여 표 차로 낙선하고 말았다. 김대중으로서는 여한 없이 최선을 다한 싸움이었고, 정말 아쉬운 패배였다.

선거에는 졌지만 김대중에게 영광의 기회가 왔다. 이승만 정권 시절의 대통령 중심제에서 내각책임제로 바뀐 새로운 정부에서 장면이 국무총리가 되었고, 장면은 김대중을 민주당 대변인으로 지명했다. 100명이 넘는 민주당 현역 의원들을 제치고 원외인 김대중이 대변인이 된 것이다. 그가 정치의 길로 들어선 후 처음 갖게 된 중요한 직책이었다. 선거에서는 거듭 패배했지만 정계에서는 그만큼 그를 인정해 주고 있었던 것이다.

얼마 후 또 다른 행운이 그를 찾아왔다. 인제에서 그를 누르고 민의원에 당선됐던 후보가 경찰서장으로 재직하면서 3·15 부정 선거에 관여한 사실이 밝혀져 의원직을 박탈당한 것이다. 인제에서는 다시 선거가 치러졌고, 이번에는 김대중에게 당선의 영광이 돌아왔다.

"여보세요, 장면 박사님이십니까? 저 김대중이올습니다."

"아, 어떻게 됐소?"

"박사님! 당선됐습니다. 모두 박사님 덕분입니다."

"하하하, 축하하오. 이제야 우리 당 대변인도 원내에 들어오게 됐군요. 내가 천군만마를 얻은 기분이오."

1961년 5월 13일 치러진 선거의 결과가 드러난 14일 새벽, 국무총리 장면과 김대중이 전화로 주고받은 감격적인 대화 내용이다. 그러나 감격과 기쁨은 단 이틀 만에 물거품이 되고 말았다. 5월 16일 새벽, 정치적인 야욕을 품고 한강을 건넌 군인들의 군사 정변 때문이었다.

바른 정치를 해 보겠다는 생각으로 사업가에서 정치인으로 변신해서 1954년 처음 민의원 선거에 출마한 이후 1958년과 1959년, 그리고 1960년 이렇게 네 차례에 걸쳐 선거에 출마해서 그중 한 번은 후보 등록도 하지 못했고, 세 번을 내리 진 후 비로소 안게 된 당선의 영광……. 그리고 이틀 만에 군사 정변으로 도둑맞은 의원직! 그와 같은 좌절의 악순환은 그 후 이어진 정치인 김대중의 파란만장한 삶의 예고편을 보는 듯한 모습이 아닐 수 없었다.

어둠의 긴 터널, 그리고 빛

얼마나 많은 사연과 고생 끝에 얻게 된 의원직인가? 군사 정변 소식을 듣고 부랴부랴 서울로 올라온 김대중은 당선자 신분으로 의원 등록이라도 해 두고 싶었다. 그래서 17일 의원 등록을 하려고 했으나 국회는 군사혁명위원회 포고령 제4호에 의해 16일 이미 해산된 후였다.

그러나 의원직을 도둑맞은 것만으로 일은 끝나지 않았다. 얼마 후 경찰이 들이닥쳐 그를 체포해 수감했다. 그에게 씌워진 혐의는 부패……. 군인들이 쿠데타를 일으킨 명분 중의 하나가 부정부패를 일소한다는 것이어서 김대중의 부패 혐의를 조사하는 검사의 태도는 서슬이 시퍼랬다.

민간인 검사는 집요하게 김대중의 혐의를 밝혀내려 했다. 그는 당 대변인인 김대중으로부터 정치 자금을 받은 정치인들을 모두 불러 그들이 받은 액수와 김대중이 당에서 받아 그들에게 지급한 정치 자금 액수를 꼼꼼하게 비교했다.

의외의 결과가 나왔다. 김대중이 정치인들에게 준 금액이 그가 당으로부터 받은 정치 자금 액수보다 더 많았다. 당연한 일이었다. 당에서 받은 자금이 부족해서 김대중은 이따금 주머니 돈을 털어 넣곤 했던 것이다. 그렇게 부패 혐의가 벗겨지자 이번에는 용공 혐의를 걸고 들어갔다. 경찰과 검찰은 김대중의 행적에 대해서 사소한 부분까지 시시콜콜 들춰내서 뭔가 꼬투리를 잡으려고 했다. 그러나 이번에도 별다른 혐의점을 찾아낼 수 없자 결국 구속 3개월 만에 그를 풀어주게 되었다.

부패와 용공 혐의는 벗었지만 군사 정권 아래에서 정치인 김대중이 설 자리는 더 이상 없었다. 더욱이나 이듬해 3월 정치활동 정화법이라는 것이 만들어지면서 앞으로 6년 동안 정치 활동을 할 수 없도록 묶이고 말았다.

그 암울했던 시절, 그에게 빛으로 다가온 여인이 있었다. 이희호였다.

그들은 김대중이 부산에서 해운업을 하던 무렵부터 알던 사이였다. 그때 이희호는 서울대학교 사범대학을 졸업하고 부산에 내려와 대한여자청년단 국제부장으로 일하고 있었는데, 김대중과는 독서 서클에서 만나 알게 되었다.

김대중은 사업가였지만 뜻있는 젊은이들의 모임에 나가

일정한 직업도 없고, 정치 활동이 묶여 있어 정치인으로서도 희망이 보이지 않던 시절, 이희호 여사는 김대중에게 빛이 되어 주었다.

독서한 내용을 주제로 토론하고, 전쟁 상황과 국가의 장래에 대해서 활발하게 의견 교환도 했다. 김대중과 이희호는 누구보다도 뜻이 잘 맞았다. 그들은 토론이 끝난 후 부산 교외인 감천의 오솔길을 걸으며 더 많은 이야기를 나누기도 했다. 그러나 김대중은 이미 결혼한 몸이었고, 그녀는 아직 미혼이었으므로 그들은 뜻이 맞는 좋은 친구 이상은 아니었다.

이희호는 휴전 직후 미국 유학을 떠났다가 4년 만에 돌아와 YWCA 전국연합회 총무 이사로 일하고 있었다. 그 사이 김대중은 아내와 사별하는 불행을 당했다. 그들은 우연히 다시 만났고, 지난 일을 되새기며 사랑을 싹 틔웠다. 그리고 결혼에 이르게 된 것이다.

이희호로서는 참으로 어려운 선택이었다. 그 무렵은 김대중에게 어떤 희망도 보이지 않던 시절이었다. 그에게는 일정한 직업도 없었고, 6년 동안이나 정치 활동이 묶여 있어 정치인 김대중으로서도 희망이 없었다. 더욱이 그에게는 어머니와 몸이 성치 않은 누이동생, 그리고 두 아이까지 딸려 있었다. 이희호는 그런 김대중을 선택한 것이다.

1962년 5월, 그들은 결혼한다. 그러나 그들의 신혼 생활은 불과 열흘 만에 방해를 받는다. 김대중이 반혁명 죄목으로 다시 체포된 것이다. 민주당 간부들이 군사 정권에 대한 반혁명을 모의하고 있다는 혐의였는데, 그것은 민주당 간부들을 족

쇄로 묶어두기 위한 억지였다. 구체적인 혐의 사실이 드러나지 않자 김대중 등은 한 달 만에 풀려나왔다.

김대중에게는 견디기 어려운 세월이 계속된다. 정치가가 정치를 할 수 없다는 것은 물고기가 물을 잃은 것이나 다름없었다. 뿐만 아니라 당시 나는 새도 떨어뜨린다는 권세를 가지고 있었던 중앙정보부 등에서 온갖 협박과 회유로 그에게 군사 정권에 협력할 것을 강권했다.

그들이 민주공화당 창당을 앞두고 있을 무렵, 협박은 최고조에 달했다.

"이번이 마지막 기회요. 이번 기회를 놓치면 앞으로 8년 동안 다시 묶일 것이니 알아서 현명하게 처신하시오."

그를 담당하고 있는 정보부 요원이 찾아와 으름장을 놓았다.

"왜 또 8년을 묶인단 말이오?"

"다 그렇게 되도록 이미 결정이 돼 있소."

"그래도 할 수 없는 일이오. 당신들 마음대로 하시오."

앞으로 다시 8년이나 정치활동을 할 수 없다는 것은 정치인으로서 사형 선고를 받는 것이나 마찬가지로 정신이 아득해지는 일이 아닐 수 없었다. 그러나 김대중은 단호하게 말했다.

"도대체 왜 쓸데없는 고집을 부리는 거요? 다른 사람들은 다 협조하는데."

"나는 민주당 대변인이었던 사람이오. 민주당 정권이 역사상 가장 훌륭한 정부라고 늘 말해왔던 내가 어떻게 손바닥 뒤집듯 태도를 바꾸어 공화당 정부에 협력하겠소? 만일 그런다면 사람들이 나를 변절자라고 손가락질하는 것은 물론, 당신들에게도 별 이득이 없을 것이니 내 생각을 바꾸려 하지 마시오."

김대중의 단호한 태도에 상대는 욕설과 함께 어디 두고 보자는 독기 품은 말을 던진 후 자리를 박차고 일어났다.

그 무렵 김대중에게는 또 하나 마음 아프고 안타까운 일이 있었다. 몸이 성치 않은 누이동생 때문이었다. 그녀는 이화여대에 재학 중인 재원으로 어릴 때부터 머리가 뛰어났다. 그런데 심장판막증을 앓고 있었다. 요즘 같으면 어렵지 않게 고칠 수 있는 병이지만 당시는 그렇지 못했다. 누이동생은 김대중의 집에 함께 살고 있었고, 그는 하루하루 조금씩 죽어가는 그녀의 모습을 속수무책으로 지켜보아야 했다.

"미안하구나. 내가 사업만 계속하고 있었어도……."

"괜찮아요, 오빠. 난 정치하는 오빠가 좋아. 오빠가 정치를 계속할 수 있도록 내가 힘써 볼게요."

김대중은 그 말을 듣고 돌아서서 남몰래 크게 울었다. 그런 대화를 나눈 얼마 후 누이동생은 저 세상으로 갔다.

그녀가 저 세상에서 힘써 준 덕분일까? 김대중은 정치활동을 금지당한 지 거의 2년 만에 다시 정치를 할 수 있게 되었다. 그의 심신을 옥죄어왔던 정치활동 정화법에서 풀려난 것이다.

김대중이 정치활동 정화법에서 앞당겨 풀려난 데는 사실 이유가 있었다. 군인들은 쿠데타를 하면서 혁명공약이라는 것을 발표해, 혁명이 성공하면 양심적인 민간 정치인들에게 정권을 넘기고 군 본연의 임무로 돌아가겠다고 약속했다. 그러나 박정희는 민정이양을 하면서 태도를 바꾸어 군복을 벗고 대통령에 출마하겠다는 생각을 하고 있었다. 공화당도 그런 목적으로 사전에 만들어진 정당이었다. 그런 상황에서 군부 세력들은 여론을 무마하기 위해 정치활동 정화법으로 묶어놨던 민간 정치인들을 풀어주게 되었던 것이다.

정치활동을 다시 시작하게 된 김대중은 민주당 재건에 온 힘을 쏟는다. 흩어졌던 동지들이 하나둘 다시 모여들었고, 그 해 7월 전당대회에서 박순천이 당수로 추대되고, 김대중은 다시 대변인에 선출되었다. 그리고 민정이양을 위한 대통령 선거전이 시작된다.

선거전은 민주공화당의 박정희 후보와 민정당의 윤보선 후보 사이의 대결로 압축되었다. 민주당은 군사 정변을 막지 못한 책임을 스스로 지고 후보를 내지 않고, 야당인 윤보선 후보를 지원하기로 결의한다. 당 대변인인 김대중은 군사 정권이 저지른 부정부패와 온갖 비리를 낱낱이 들춰내 공격하고 비판하면서, 박정희가 대통령이 되어서는 안 된다는 사실을 국민들에게 알리려고 노력했다. 박정희가 김대중을 눈엣가시처럼 생각하기 시작한 것은 바로 그 무렵부터였다.

1963년 10월 15일 치러진 선거에서 박정희는 윤보선을 15만 6천여 표 차로 누르고 제5대 대통령에 당선된다. 군복을 벗은 박정희가 대통령에 당선됨으로써 무늬만인 민정이양이 이루어진 것이다.

대통령 선거가 끝난 한 달 후인 11월 26일에는 제6대 국회의원 선거가 실시되었다. 김대중은 목포에서 출마했다. 1954년 처음 목포에서 민의원에 출마해 떨어진 후 10년만의 귀향이었다. 중앙 무대에서 김대중의 정치활동을 잘 알고 있는 목포시민들은 그가 목포로 돌아와 출마하는 것을 크게 환영했다. 그러나 힘든 싸움이었다.

그때는 지역감정이 없던 시절이었다. 한 달 전 대통령 선거에서 윤보선 후보는 서울과 경기, 강원, 충청남・북도 등 중부이북 지방에서 전부 이겼고, 박정희 후보는 남부 지방인 경상남・북도와 전라남・북도에서 이겼다. 특히 전라도에서는 박정희가 윤보선을 1백 25만 표나 앞섰다. 전라도민이 박정희를 대통령에 당선시킨 것이라고 해도 틀린 말이 아니었다.

지역의 상황이 그랬으므로 목포시민들의 성향도 모처럼 고향으로 돌아와 출마한 야당 후보 김대중보다 여당 후보에

민주당 대변인이자 제6대 국회의원 선거 목포 당선 시절의 김대중.

대한 지지층이 더 두터웠다. 그럼에도 불구하고 여당 측은 온갖 수단을 동원해서 부정행위를 하기에 골몰했다. 그것이 오히려 김대중에게 행운으로 작용했다. 목포경찰서 정보반장이 기자회견을 자청해서 선거 부정을 지시한 비밀 문건을 폭로한 것이다. 그 바람에 여당을 지지하던 많은 사람들이 등을 돌렸고, 김대중은 무난히 당선될 수 있었다.

그 선거에서 민주당이 얻은 의석은 단 13석이었다. 한편 공화당은 온갖 선거 부정에도 불구하고 득표율 33.5%에 그쳤지만, 헌정 사상 처음 도입된 비례대표제에 힘입어 국회의원 전체 의석 170개 가운데 62.8%에 해당되는 110석을 얻었다.

상황이 그랬으므로 힘겨운 과정을 거친 김대중의 승리는 그만큼 값지고 소중한 것이었다.

국회의원 김대중

처음 의원 배지를 다는 김대중의 기쁨과 감회는 남달랐다. 네 번의 선거 패배와 군사 쿠데타로 의원 등록도 하지 못한 채 이틀 만에 도둑맞는 의원직……. 그리고 그동안 9년의 세월이 흐른 것이다.

김대중은 온갖 어려움을 참고 견뎌 온 지난 세월을 보상받기라도 하려는 듯 의정 활동에 열성을 쏟았다. 틈만 나면 국회 도서관을 드나들며 공부하고, 자료도 수집했다. 그 효과는 곧 나타났다. 그가 국회에서 연설을 하거나 대정부 질문을 할 때면 정부 각료는 물론 동료 의원들도 큰 관심을 가지고 귀를 기울였다.

그의 날카로운 질문과 추궁에 국무총리나 각료들은 쩔쩔매는 경우가 많았다. 총리와 각료들의 그런 모습에 대통령 박정희가 '김대중 한 사람에게 모두 휘둘린다'고 역정을 냈다는 이야기까지 나돌았다.

또 동료 의원들은 휴게실에서 바둑을 두다가 김대중이 이야기할 차례가 되면 '김대중 의원 이야기하는데 들으러 가야지.' 하며 일어나기도 했다. 그래서 '김대중 말이나 듣자' 는 소리는 바둑을 두다 그만 돌을 던지라는 의미로 통용되기도 했다.

초선 의원으로서 빛나는 의정 활동이 아닐 수 없었다. 또 김대중은 단순히 비판을 위한 비판만 하는 것이 아니라 언제나 좋은 대안을 제시하기 위해 노력했다. 그의 의정 활동은 그래서 더욱 빛났다.

한편 대통령에 당선된 박정희는 한일 국교 정상화를 서둘렀다. 그리고 김대중은 국민 여론과 신념 사이에서 고뇌하지 않을 수 없었다. 국민들과 야당은 굴욕적인 한일 국교 정상화 회담에 강력하게 반대했다. 제1야당인 민정당의 윤보선 당수는 무슨 일이 있어도 한일 국교 정상화를 반대한다는 입장이었고, 국민 여론도 대체로 그런 쪽이었다.

김대중은 생각이 달랐다. 매국노라고 부르며 무조건 국교 정상화 회담에 반대하는 것은 시대착오적이라는 것이 그의 생각이었다. 영국과 프랑스의 경우를 보더라도 자신들이 지배하던 식민지 국가들에 크게 적대적인 태도를 보이며 전쟁까지 했지만 그들이 독립하자 동등한 관계에서 서로 협력하고 있었다. 그럼에도 불구하고 우리나라와 일본은 옛 감정을 벗어던지지 못하고 식민지 관계를 청산한 지 20년 가까운 세월이 흐르도록 국교를 맺으려 하지 않는 것은 세계사의 흐름을 거스르는 일이라는 생각이었다.

김대중이 소속한 민주당의 박순천 당수도 그와 생각이 같았다. 그래서 김대중은 한일 국교 정상화는 필연적으로 이루어져야 하고, 다만 우리나라가 불이익을 당하지 않도록 야당에서 적절한 대안을 제시해야 한다고 주장했다.

그러나 야당은 한일회담 반대 입장에서 한 걸음도 물러서지 않은 채 어떤 타협도 하려고 하지 않았다. 국민들의 반일 감정도 거세게 치솟았다. 거리에는 대일 굴욕외교를 반대하는 시위대의 물결이 넘쳐났다. 그리고 타협과 대안 제시를 주장하는 김대중은 여당의 사쿠라라는 비난을 받기 시작했다. 같은 야당 안에서도 그가 여당으로부터 돈을 받고 여당에 동조하는 것이라는 이야기가 나돌았다.

김대중으로서는 참으로 고통스러운 나날이었다. 국민들로부터 정부 여당의 사쿠라라는 낙인이 찍히면 야당 정치인으로서의 생명이 끝장나고 마는 시절이었다. 가족들까지 큰 고통을 당하고 있었다. 아내는 밖에 나가면 정부 여당의 앞잡이 남편을 두었다는 비난을 받아야 했고, 아이들조차 학교에서 친구들로부터 따돌림을 받는다고 울며 돌아오는 경우가 있었다.

부인 이희호 여사와 장남 홍일, 차남 홍업, 삼남 홍걸.

급기야 멀리 하의도에 있는 아버지로부터 편지가 날아왔다.

> 폐일언蔽一言하고, 전도가 바다처럼 양양해야 할 아들이 사쿠라라고 불리고 있으니 도대체 어인 일인가? 세상에서 손가락질당할 일을 왜 하고 있는가?

평소 김대중의 정치적 입장이나 소신에 대해서 어떤 말도 하는 일이 없던 아버지 김운석이었다. 그런 아버지가 이런 편지를 보냈다는 것은 김대중을 비난하는 여론이 얼마나 심했었나를 짐작하게 하는 일이다. 그러나 김대중은 끝내 자신의 신념을 바꾸지 않았다. 한일 국교 정상화는 당시로서 피할 수 없는 시대적 조류라는 것이 확고한 그의 입장이었기 때문이다.

3월부터 시작된 한일회담 반대 시위는 6월 들어 절정을 이루었다. 학생 시위대는 중앙청으로 몰려갔고, 파출소가 습격당해 파괴되기도 했다. 정부는 강경책으로 맞섰다. 6월 3일 오후 여덟 시, 서울 일원에 비상 계엄령이 선포되고 학교에는 휴교령이 내려졌다. 뒷날 '6·3 사태' 라고 불리게 된 사건이다.

시위대의 선두에 서서 끝까지 싸우겠다고 큰소리치던 강경파 정치인들은 막상 계엄령이 선포되자 사무실에도 나오지 않고 모두 자취를 감췄다. 당시 야당 정치는 어떤 의미에서는 대안 없는 선동 정치의 전형이라고 할 수 있었다.

6월 22일 마침내 한일 국교 정상화를 위한 기본 조약과 4개 부속 협정(어업협정, 경제협력협정, 재일한국인의 법적 지위협정, 문화협정)이 일본 총리 관저에서 조인되었다. 그리고 7월 14일 야당 의원들이 불참한 가운데 여당 단독으로 한일협정비준 동의안이 국회에서 의결되었다.

해방 후 20년 동안 단절되었던 한국과 일본의 관계는 정상화되었다.

한일협정 이후 여당과 야당은 월남 파병문제로 다시 한 번 격돌한다. 윤보선 등 강경파들은 이번에도 파병을 격렬하게 반대했다. 김대중도 원칙적으로 파병에 반대하는 입장이었다. 그러나 미군의 파병 요청은 거의 위협적이었다. 한국군을 보내지 않으면 주한 미군이라도 빼내서 월남으로 보내겠다는 것이었다. 만일 그런 사태가 일어난다면 한국의 안보에 큰 구멍이 생기지 않을 수 없었다. 민주당 당수 박순천을 비롯한 김대중 등 온건파는 의용군을 편성해서 월남에 보내자는 대안을 제시한다. 그러나 그 안은 정부 여당에 의해 받아들여지지 않았고, 이번에도 여당 단독으로 국회에서 파병 동의안은 의결된다.

그렇게 박정희가 대통령으로 재직하는 4년 세월은 흘러갔고, 다시 대통령 선거가 있는 1967년을 맞는다. 5월 3일 제6대 대통령 선거를 앞두고 그해 2월, 통합 야당 신민당이 창당되었다. 김대중은 통합 야당에서도 대변인을 맡는다. 또 정무위원에 선출되기도 했다. 선거에서는 박정희와 윤보선이 다시 맞붙고, 한일협정 졸속 처리와 월남 파병 문제가 뜨거운 쟁점이 되었다. 그러나 윤보선은 지난번 선거에서보다 더욱 큰 표 차이로 패배한다. 박정희가 568만 8666표(득표율 51.4%)를 얻어 452만 6541표(득표율 40.9%)를 얻는 데 그친 윤보선을 누르고 재집권에 성공한 것이다.

이어서 제7대 국회의원 선거를 맞게 된다. 김대중은 다시 목포에서 출마한다. 선거일은 6월 8일—. 대통령에 재선된 박정희가 중앙정보부와 내무부 간부들을 모아 놓고 회식하는 자리에서, 다른 지역에서 여당 후보 스무 명이 낙선하는 한이 있더라도 목포에서 김대중이 당선되지 못하도록 공작하라는 지시를 했다는 이야기가 나돌았다.

그 소문을 입증이라도 하듯 선거 운동 기간 동안 박정희는 두 차례나 목포에 내려왔다. 여당 후보를 지원하기 위해 대통령이 직접 나선 것이다. 여당 후보로 나선 사람도 뜻밖의 인물이었다. 육군 소장 출신으로 체신부 장관을 했던, 진도가 고향인 김병삼이다. 그는 본래 진도에서 출마할 예정이었으나 박정희가 목포 출마를 지시해 목포로 오게 된 것이다. 거물급 여당 후보를 내세워 김대중을 반드시 떨어뜨리겠다는 의도에서였다.

목포에 내려온 박정희는 역전에서 여당 후보 지원 유세를 했고 만 명 넘는 사람들이 모여들었다. 그 자리에서 그는 여당 후보가 당선되면 목포 경제를 크게 활성화시키고 대학도 지어주겠다는 장밋빛 공약을 했다.

두 번째 목포에 내려왔을 때는 아예 목포에서 국무회의를 소집했다. 좁은 목포 땅에 대통령과 전 각료가 모여든 것은 참으로 대단한 일이었다. 국무회의의 주제도 목포의 발전으로, 여러 가지 장밋빛 청사진이 제시되었다.

경찰과 공무원들도 노골적으로 선거에 개입했다. 김대중의 선거사무소는 목포 역전의 작은 일본식 가옥 2층에 있었다. 경찰은 늘 선거사무소를 감시했고, 드나드는 사람들을 불러 조사하기도 했다.

경찰과 공무원들의 노골적인 방해에도 불구하고 많은 사람들이 김대중 후보를 열렬히 지지했다. 유세가 끝나면 사람들은 돌아가지 않고 기다렸다가 그에게 사인을 해 달라고 했다. 손수건을 내미는 주부, 블라우스를 벗어 사인을 해달라는 여학생, 이도 저도 없는 사람들은 주민등록증을 내밀기도 했다. 대단한 반응이었다.

선거는 막바지를 향해 치닫고 목포 시내는 기묘한 열기에 휩싸였다. 온 도시가 무엇에 홀린 듯한 분위기였다. 신문과 방송사들은 기자를 목포에 계속 머물게 하며 매일매일의 상황을 보도했고, 외국 기자들도 큰 관심을 가지고 목포로 몰려왔다. 또 미국 대사관에서도 직원 한 명을 계속 목포에 머물게 하며 정세 보고를 받았다.

"이건 선거가 아니라 전쟁이군!"

당시 신민당 당수였던 유진오가 목포의 상황을 두고 한 말이다. 전국의 관심이 온통 목포의 선거전에 집중되어 있었고, 여당과 야당의 공방은 전쟁을 방불할 만큼 치열했던 것이다.

선거 운동이 모두 끝나고 투표가 시작된 후에도 전투는 계속되었다. 선거 운동 기간의 불법이나 부정 못지않게 투표가 진행되는 동안이나 개표 과정에서 부정이 저질러지는 경우가 많이 있었기 때문이다. 우선 투표장 입회인이 매수되면 선거는 하나마나였다. 김대중 측은 가짜 입회인 명단을 만들어 밖으로 흘렸다. 그리고 투표일 새벽 진짜 입회인을 투표장에 들여보냈다. 여당 측은 당황하는 빛이 역력했다. 실제로 가짜 입회인 50명 전원에게 여당 측에서 5만 원씩을 전달한 것이 나중에 밝혀졌다. 5만 원은 당시로서는 큰돈이었다.

입회인들의 고생도 이만저만이 아니었다. 그들은 빈 병을 하나씩 가지고 투표장으로 들어갔다. 잠시라도 투표장을 비우지 않기 위해 급한 생리 현상을 그곳에서 해결하기 위해서였다.

투표가 끝나고 개표가 시작되었다. 어둠이 내린 개표장 밖에서는 비가 내렸고, 개표장 안은 잔뜩 긴장된 분위기가 감돌았다. 당시 개표 부정은 흔히 '정전 부정' 이라는 말로 통했다. 일부러 정전을 시킨 후 그 사이 표를 바꿔치기하는 수법이었다.

아니나 다를까. 개표가 시작되고 얼마 안 있어 갑자기 전깃불이 나갔다.

"당했다!"

어둠 속에서 누군가가 외쳤다. 그때였다. 텔레비전 조명용 라이트가 여기저기서 빛을 내뿜었다. MBC와 KBS, 그리고 외국 방송사의 카메라맨들이 일제히 라이트를 켜 장내를 밝힌 것이다.

그날 밤 세 차례나 정전 소동이 있었다. 그리고 그때마다 방송사의 조명용 라이트가 빛을 밝힌 덕분에 부정이 저질러지는 것을 막을 수 있었다. 그리고 김대중은 이겼다. 표 차이는 불과 2,000여 표. 선거전은 그만큼 치열했고, 부정을 철저하게 막을 수 있었기에 가능한 승리였다.

그 선거에서 여당인 공화당은 102개 지역구에서 당선됐고, 신민당은 28개 지역, 그밖에 대중당 후보가 1석을 얻었다. 전국적으로 저질러진 선거 부정에 힘입은 결과였다. 학생들은 부정 선거를 규탄하는 데모를 벌이기 시작했고, 데모가 국민저항운동으로 확산될 조짐을 보이자, 정부는 전국의 대학은 물론 고등학교에까지 휴교령을 내렸다.

독재에 맞서

정부 여당이 기를 쓰고 부정을 저질러 압도적인 의석을 확보한 데는 나름의 까닭이 있었다. 대통령을 두 번만 할 수 있게 되어 있는 헌법을 고쳐 박정희가 다시 대통령이 될 수 있도록 이른바 3선 개헌을 하자는 것이었다. 그러기 위해서는 국회에서 개헌안을 통과시킬 수 있는 재적의원 3분의 2 이상의 의석 확보가 필요했다.

김대중은 이미 박정희와 정부 여당의 그런 속셈을 간파하고 있었다. 그는 선거 유세 당시 박정희가 목포에 내려왔을 때, 헌법을 개정해서 대통령을 한 번 더 하려는 것이 아니냐고 공개 질문을 한 적이 있었다. 다음 날 박정희는 유세장에서 연설을 통해 그런 일은 절대 없을 것이라고 목소리를 높이며, 3선 개헌 운운하는 것은 비열한 정치적 모략이라고 오히려 이쪽을 비난했었다.

박정희의 말이 거짓이고, 김대중이 그의 속내를 정확하게 읽고 있었다는 것은 그 후 전개된 상황으로 간단히 입증되었다. 박정희의 임기가 2년쯤 남은 1969년 9월에 접어들자 정국은 본격적으로 3선 개헌을 향해 굴러가기 시작했다.

정부 여당은 야당인 신민당 의원 3명을 포섭해서 개헌안을 통과시킬 수 있는 122명의 의석을 확보했다. 또 대한반공연맹과 대한재향군인회 등 50여 개 사회단체들을 동원해서 개헌지지성명을 발표하게 하는 등 여론몰이에 들어갔다. 개헌안의 주요 내용은 대통령의 세 번 연임을 허용하고 대통령에 대한 탄핵소추결의 요건을 강화하는 한편, 국회의원이 행정부 장관과 차관을 겸직할 수 있도록 하는 것이었다.

야당인 신민당은 이에 맞서 3선 개헌 반대 범국민투쟁위원회를 만들어 개헌반대투쟁에 나섰다. 전국 대학가에서도 매일 개헌반대시위가 벌어졌다. 야당 의원들은 여당의 개헌안 날치기 통과를 막기 위해 국회 본회의장을 점거하고 농성을 벌였다. 그러나 여당은 일요일인 9월 14일 새벽 2시, 국회 제3별관에서 여당계 의원 122명만으로 본회의를 열어 찬성 122표, 반대 0표로 개헌안을 변칙 통과시켰다. 그리고 10월 17일 실시된 국민투표에서 65.1%의 찬성을 얻어 개헌안은 확정되고, 1971년 4월의 제7대 대통령 선거에 박정희가 다시 출마할 수 있는 길이 열렸다.

박정희와 맞설 야당 대통령 후보는 신민당 총재 유진오로 정해져 있었다. 그러나 그가 중풍으로 쓰러지는 바람에 유진산이 새 총재로 선출되었다. 그 무렵(1970년 봄) 신민당 원내총무였던 김영삼이 '40대 기수론'을 들고 나왔다. 위계질서가 뚜렷했던 야당에서 그것은 위계질서를 뒤엎는 폭탄선언이었다.

40대 기수론은 신민당 안에서 서서히 힘을 얻어갔다. 그리고 대통령 후보를 40대에서 찾는 일로 이어졌다. 유진산 총재는 국민들 사이에 인기가 없었을 뿐더러 여당과 뒷거래를 한다는 불신까지 사고 있어 그를 내세워 박정희와 겨뤄볼 만하다고 생각하는 사람은 아무도 없었다. 김영삼, 이철승, 김대중이 40대 대통령 후보로 압축되었다.

대통령 후보는 전당대회에서 대의원 과반수의 찬성을 얻어 선출하기로 결정되었다. 세 사람은 2차 투표까지 가는 치열한 접전을 벌였고, 김대중이 대통령 후보로 결정되었다.

김대중은 야당 대통령 후보로 기자 회견을 했다. 그는 예전의 후보들처럼 여당 후보에 대한 인신공격을 하지 않기로 결심했다. 정권을 잡으면 어떻게 하겠다는 확실한 비전을 제시하고, 정책 대 정책으로 싸워보자는 것이었다.

그는 먼저 통일 정책에 대한 구상을 밝혔다. 그것은 상당한 용기가 필요한 일이었다. 통일이라는 말을 입에 올리는 것만으로도 빨갱이나 공산당으로 비난받기 십상이던 시절이었다. '우리의 소원은 통일' 이라는 노래조차 금지곡으로 묶여 있었다. 그러나 대통령 후보가 된 이상 통일 문제는 피해갈 수 없는 중요한 사항이고, 피해 가려 한다면 대통령으로 선출될 자격이 없다는 것이 그의 생각이었다.

김대중은 남북의 화해와 교류를 위해서 비정치적인 분야에서부터 접근할 필요가 있다는 통일 정책을 밝혔다. 기자단의 교류, 서신 교환, 스포츠 교류 등을 시작하자는 것이었다. 또 안보 문제에 있어서도 미국, 일본, 중국, 소련 등 4대 강국으로부터 한반도에서 전쟁 억제를 위한 보장을 받을 수 있도록 정책을 추진하겠다는 구상을 밝혔다.

아무도 통일 문제에 대해서 언급하기를 꺼리던 시절, 그의 발언은 폭발적인 반응을 일으켰다. 박정희는 즉각 반론을 폈다. 적대 관계에 있는 중국이나 소련에 안전 보장을 요구하는 것은 나라의 기초를 위태롭게 하는 것이고, 그 진의가 의심스럽다는 것이었다. 공화당도 남북 화해와 교류에 대해서, 공산주의자들과는 절대로 화해할 수 없다는 강경한 입장을 밝혔다. 그리고 김대중이 용공적인 인물이라는 원색적인 비난이 이어졌다. '김대중이 피리를 불면 김일성이 춤을 추고, 김일성이 북을 치면 김대중이 장단을 맞춘다' 는 이야기까지 나왔다.

1971년 대통령 선거 유세에서.
김대중은 당시로선 언급하는 것도 꺼리던 통일 정책에 대한 구상과 향토예비군 제도의 폐지, 4대국 안전보장론 등 참신하고 굵직한 공약들을 내놓아 청중들을 사로잡았다.

아이러니한 것은 김대중을 맹렬하게 비난했던 그들이, 박정희가 대통령에 당선되자 이듬해 북한에 남북 적십자 회담을 제의했다는 사실이다. 그리고 〈7.4 남북공동성명〉이 발표되었다.

7.4 남북공동성명에서는 민족 통일의 방식으로 이른바 자주, 평화, 민족대단결의 3대 원칙이 천명되었다.

1. 외세外勢에 의존하거나 외세의 간섭 없이 자주적으로 해결하여야 한다.
2. 서로 상대방을 반대하는 무력행사에 의거하지 않고 평화적 방법으로 실현하여야 한다.
3. 사상과 이념 및 제도의 차이를 초월하여 하나의 민족으로서 민족적 대단결을 도모하여야 한다.

공산주의자들과는 절대 화해와 타협이 있을 수 없다며 김대중을 빨갱이로 몰아붙이던 박정희 정권이, 대통령 후보 시절 김대중이 내세웠던 공약을 그대로 따라가기 시작한 것이다.

대통령 후보 김대중의 기자 회견 이야기를 계속하자.

김대중은 기자 회견에서 또 하나의 폭탄선언을 했다. 향토예비군 제도의 폐지가 그것이다. 당시 향토예비군은 국민들로부터 많은 원성을 사고 있었다. 걸핏하면 예비군을 동원해서 관청 심부름이나 시키고, 심지어 면장이나 파출소장 집에 가서 장작을 패거나 애를 봐주는 경우도 있었다. 상황이 그러했던 만큼 국민들은 김대중의 공약에 대해서 쌍수를 들어 환영했다. 그러나 정부 여당은 맹렬하게 그를 비난했고, 군 지휘관들은 그의 사상이 의심스럽다는 성명을 발표하는 등 또 그를 빨갱이로 몰려고 했다.

이 문제에 대해서도 정부 여당은 선거가 끝난 후 향토예비군 제도를 대폭 개선했다. 김대중이 공약했던 대로 제도를 폐지하지는 않았지만 문제점들을 개선해 국민들을 무마하려 했던 것이다.

김대중은 그밖에도 경제, 사회, 문화 각 분야에 대해서 대통령 후보로서 자신의 생각과 구상을 구체적으로 이야기했다. 그러나 상대방 후보에 대한 비난은 한마디도 하지 않았다. 상대방의 약점을 들춰내고 공격해서 인기를 얻고 점수를 따려고 했던 예전의 후보들과는 완연히 다른 모습이었다.

대통령 선거일은 1971년 4월 27일이었다.

선거를 앞둔 그해 2월, 김대중은 아내 이희호와 함께 일본과 미국을 방문했다. 그 무렵 김대중은 외국에서 거의 이름이 알려지지 않은 존재였다. 그래서 야당 대통령 후보로서 외국의 지도자들을 만나 의견을 나누고, 그들에게 자신을 이해시킬 수 있는 기회를 갖기 위해서였다.

미국에서 김대중은 로저스 국무장관 등 행정부의 중요 관리들과 에드워드 케네디 상원의원, 풀브라이트 상원의원 등 의회의 중요 지도자들을 만날 수 있었다. 김대중은 그들과 많은 이야기를 나눴고, 그들은 한국 야당의 새로운 지도자인 젊은 김대중에게 큰 관심과 호감을 나타냈다.

김대중은 워싱턴의 내셔널 프레스 센터에서 연설하는 기회도 가졌다. 그 자리에서 그는 대통령 후보로서 자신의 정책을 설명했고, 그것은 외국 언론인들에게 그를 알리는 좋은 기회가 되었다.

그 무렵 서울의 동교동 집에서 사고가 터졌다. 대문에 폭탄이 투척되는 사건이 발생한 것이다. 미국에서의 김대중 활동에 초조감을 느껴, 그를 빨리 귀국시키기 위해 중앙정보부가 만들어 낸 사건이었다. 다행히 집 안에서 다친 사람은 없었으므로 김대중 부부는 미국에서의 활동을 계속했다. 그러자 범인을 잡는다는 명분을 내세워 비서, 운전수, 경호원, 가정부 등 김대중 주변의 모든 인물들을 불러 조사를 벌였다. 그들은 사건과 관계없는 일들까지 꼬치꼬치 캐물었고, 그렇게 해서 김대중에 대한 정보를 낱낱이 수집했다.

조사를 했으니 누군가를 범인으로 만들어야 했다. 그런데 그것이 쉽지 않았던지 중학교 2학년인 김대중의 조카를 범인이라고 발표했다. 그리고 2학년짜리 중학생을 체포하는 데

120명의 경찰 병력을 동원하는 삼엄한 분위기를 연출했다. 그러나 중학교 2학년짜리가 밤중에 폭탄을 투척한다는 것은 누가 봐도 웃음거리였다. 그 사건은 그렇게 흐지부지되었다.

김대중 부부가 귀국한 후에도 코미디 같은 사건이 발생했다. 이희호는 미국에서 백악관을 방문해 닉슨 대통령 부인 패드와 이야기를 나눈 적이 있었다. 귀국 후 백악관에서 패드와 찍은 사진을 한 장 더 만들기 위해 사진관에 맡겼는데 중앙정보부 요원들이 탈세 혐의를 조사한다는 구실로 들이닥쳐 사진관 안을 샅샅이 조사했다. 그들이 돌아간 후 살펴보니 이희호와 패드가 찍은 사진이 감쪽같이 사라져버렸다.

신민당에서는 즉각 기자 회견을 열어 사진이 없어진 경위를 설명하고 관계 기관의 행위를 비난했다. 그러자 공화당 당의장과 대변인이 기다렸다는 듯 기자 회견을 자청하고 나섰다.

"김대중 씨 부인이 닉슨 대통령 부인과 만났다는 것은 거짓말이다. 그런 희망을 가지고 있었지만 백악관 측으로부터 면담을 거절당한 것으로 알고 있다. 김대중 씨는 선거전을 유리하게 이끌기 위해 터무니없는 거짓말로 정부와 여당을 모함하고 있다."

어처구니없는 뒤집어씌우기였다.

다행히 이희호가 패드 여사와 찍은 다른 사진이 있었다. 김대중 측은 그것을 공개했다. 비열한 수법으로 김대중 후보를 궁지에 몰아넣으려던 공화당과 중앙정보부는 이미지만 구긴 채 더 이상 할 말이 없어지고 말았다.

그런 모든 일들은 앞으로의 선거전이 얼마나 험악할 것인지, 그리고 박 정권과 중앙정보부가 수단 방법을 가리지 않고 대대적인 부정 선거를 하려고 한다는 사실을 예고편처럼 보여 준 것이라고 할 수 있었다.

마침내 공식 선거전이 시작되었다. 김대중은 첫날부터 400~800킬로미터를 달리며 유세를 벌였다. 이른 아침부터 밤 열 시까지, 어떤 때는 자정이 넘도록 연설을 했다. 신문들은 그런 강행군을 하는 그를 '철인'이라고 표현했다.

정부와 여당은 그가 벌이는 유세를 집요하게 방해했다. 그의 유세가 예정되어 있는 지역에서 향토예비군 훈련을 소집하는가 하면, 여관업과 음식점, 이발소 등의 조합에 야유회를 가도록 압력을 넣어 그의 유세장에 사람들이 많이 모이지 못하도록 했다.

당의 분위기도 우호적이 아니었다. 당내에는 전당대회 때 후보 선출과정에서 치열한 경쟁을 벌였던 후유증이 그대로 남아 있었다. 총재 유진산은 모든 당 조직을 동원해서 지원하겠다고 약속했지만 전당대회에서 김영삼을 밀었던 때문인지 그에게 별다른 도움을 주지 않았다. 또 국회의원 중에는 중앙에서 내려 보낸 선거 자금을 착복하고 선거 운동을 하지 않거나 '대통령은 박정희 후보에게, 국회의원은 아무개에게' 라는 식으로 미리 자신의 선거 운동을 하는, 야당 의원으로서 상상하기 힘든 처신을 하는 사람도 있었다.

온갖 어려운 조건에도 불구하고 김대중에게 힘을 준 것은 국민들의 반응이었다. 어느 지역을 가든 많은 사람들이 시내 밖, 또는 마을 밖까지 그를 마중 나왔다. 그리고 그의 연설에 뜨거운 박수로 호응했다. 박정희의 출신 지역이며 정치적 기반인 대구에서도 20만 청중이 모였고, 부산에서는 50만이 그의 연설을 듣기 위해 모여들었다.

선거를 9일 앞둔 4월 18일의 장충단 공원 유세는 김대중에 대한 국민들의 뜨거운 지지를 가장 확실하게 보여주었다. 정부 여당은 그날이 일요일임에도 공무원과 공공단체 직원들에게 가족과 함께 야유회를 가도록 했다. 그리고 야유회에 불참하는 사람은 결근 처리를 했다. 서울 지역 향토예비군도 그날에 맞춰 비상소집을 했다. 그뿐이 아니었다. 서울 시내 일부 극장에서는 무료 상영을 하기도 했다.

그와 같은 방해에도 불구하고 수많은 사람들이 아침부터 장충단 공원으로 모여들었다. 공원으로 가는 길이 사람들로 가득 차서 연설장으로 향하던 김대중은 차를 타고 갈 수 없었다. 그는 차에서 내려 걷기 시작했다. 연설장까지 남은 거리

연설장으로 향하는 김대중의 차와 연설단상을 둘러싼 인파.
김대중에 대한 국민들의 지지가 얼마나 뜨거웠는지를 알 수 있다.

는 일 킬로미터쯤……. 그 거리를 걷는 데 한 시간이나 걸렸다. 정말 엄청난 인파였다. 신문들은 그날 연설장에 모인 사람 수를 100만 인파라고 보도했다.

연설을 시작하기 전 나의 경쟁상대인 공화당 박정희 후보의 건강과 건투를 빕니다. 나는 전국의 유세 결과 필승의 신념을 가지고 돌아왔습니다. 이제야말로 우리의 승리가 결정났다는 것을 말씀드리고 싶습니다.

여러분! 이번에 정권교체를 하지 못하면 박정희 씨 영구집권의 총통시대가 오게 됩니다. 나는 공화당이 그런 계획을 했다는 사실과 이번에 박정희 씨가 승리하면 앞으로는 선거도 없는 영구집권의 총통시대가 온다는 확고한 증거를 갖고 있습니다. 야당이 이번에 정권교체를 하지 못하면 더 이상 싸워나갈 힘을 갖지 못할 것입니다.

김대중은 100만 인파 앞에서 이렇게 말문을 열었다. 이어서 그는 박 정권의 독재와 부패, 중앙정보부에 의한 공포정치를 강하게 비판하며 자신이 집권하면 그런 독소적인 요소들을 모두 바로잡겠다고 공약했다.

중앙정보부는 언론을 완전히 장악했습니다. 그래서 신문과 방송이 사실을 보도하지 못하도록 하고 있습니다. 부정선거를 지휘하고, 야당을 탄압하고 분열시키고, 심지어 여당조차도 박정희 1인 독재에 반대한 사람은 살아남지 못합니다.

재작년 3선개헌 때 반대한 공화당 국회의원들은 지하로 끌려가서 몽둥이로 맞고 온갖 고문을 당했습니다. 3선개헌 하면 나라가 망한다고 공화당 의장직을 그만두고 탈당한 김종필이라는 사람이 오늘날 자기 마음에도 없는 소리를 하고 돌아다니는 것도 정보정치의 압력 때문에 그런 것입니다.

'민주주의는 공산당을 이깁니다.'

중앙정보부는 학생들을 괴롭히고 학자와 문화인들을 탄압하고 있으며, 못하는 일이 없습니다. 경제에 개입해서 모든 이권에 간섭합니다. 요즘도 경제인들을 수백 명 불러다가 '김대중에게는 돈을 주지 말아라. 만일 돈을 주었다가는 너희 사업을 아주 망쳐놓겠다'고 협박해서 절대로 안 준다는 각서를 받고 있습니다. 그리고 그런 각서를 썼다는 말도 밖에 나가서 안 하겠다는 각서를 또 한 장 받고 있습니다.

중앙정보부는 독재의 본산입니다. 이 같은 정보정치를 그대로 놔두면 이 나라의 암흑과 독재는 영원할 뿐 아니라 국민 여러분의 권리와 자유가 소생될 길이 없습니다. 내가 정권을 잡으면 중앙정보부를 단호히 폐지해서 국민의 자유를 소생시킬 것을 여러분 앞에 약속드립니다.

김대중은 계속해서 민주주의 기초 확립을 위한 지방자치제의 실시, 국민의 절반인 여성의 지위 향상과 능력 계발을 위한 여성지위향상 위원회 설치, 많은 부작용을 낳고 있는 향토예비군의 폐지, 국방 태세의 확립과 남북 교류문제 등의 공약 사항에 대해서 자세히 설명했다. 그리고 부자만 잘살게 하는 특권 경제의 폐지 문제로 연설은 이어졌다.

독일 같은 데서 백만 원, 2백만 원짜리 비싼 개를 사다가 사람도 못 먹는 쇠고기를 먹이는 이런 사람들에 대해서는 단단히 세금을 물려야 합니다. 노인은 땅 한 평 없는데 30만 평, 40만 평짜리 골프장이 대한민국에 10개 이상 있습니다. 단단히 입장세를 내야 합니다. 3백만 원, 5백만 원짜리 보석반지를 끼고 다니는 사람들은 사치세를 내야 합니다.

내가 정권을 잡으면 돈을 많이 버는 사람이 세금을 많이 내고 적게 버는 사람은 적게 냅니다. 돈이 많다고 해서 나라나 사회의 형편도 생각지 않고 사치와 낭비하는 사람들에게 엄청난 부유세와 특별세를 받는 일대 조세혁명을 단행할 것을 공약합니다.

김대중의 연설은 우리의 현실을 정확하게 진단하고 대통령 후보로서 분명한 대안을 제시하는 내용이었고, 청중들은 그의 연설 한 대목 한 대목이 끝날 때마다 “옳소!”를 연발하며 뜨거운 박수로 호응했다.

그는 이렇게 연설을 끝맺었다.

> 4·19는 학생의 혁명이었습니다. 5·16은 군대가 저질렀습니다. 이제 오는 4월 27일은 학생도 아니고, 군대도 아닌 전 국민이 협력해서 이 나라 5천 년 역사상 처음으로 국민의 손에 의해 평화적으로 정권 교체한 위대한 민주주의 혁명을 우리가 이룩하자는 것을 여러분에게 호소합니다. 7월 1일은 청와대에 새로운 대통령이 취임하는 날입니다.
>
> 서울시민 여러분! 7월 1일 청와대에서 만납시다.

백만 청중은 다시 열광하고 환호했다. "7월 1일 청와대에서 만나자"는 말이 헛된 소리가 아님을 청중들은 뜨거운 열기로 확인해 주고 있었다.

그로부터 일주일 후, 선거를 이틀 앞두고 이번에는 박정희가 장충단 공원에서 유세를 가졌다. 여당은 트럭이며 버스로 부지런히 사람을 실어 날랐다. 김대중의 유세 때보다 더 많은 사람들을 끌어 모으기 위해서였다. 그렇게 기를 쓰고 사람들을 동원했지만 장충단 공원에 모인 인파는 김대중 유세 때의 삼분의 일 수준이었다. 그럼에도 불구하고 일부 신문과 방송은 김대중 때보다 청중이 더 많았다고 보도했다.

마침내 선거전이 끝났다. 그리고 승패는 결정된 듯했다. 끊임없는 용공조작과 온갖 모함, 방해 공작, 지방색 부추기기 등에도 불구하고 김대중이 유세하는 곳곳마다 모여들어 열광하는 국민들의 태도는 그의 승리가 굳어진 듯한 분위기였다. 그러나 정부 여당은 투개표 과정에서 다시 가공할 부정을 저질렀다.

> 김대중 씨 부처는 27일 오전 9시쯤 집 가까이 있는 마포구 동교동 제1투표소에서 투표했으나 무효가 되고 말았다. 그 이유는 선거관리위원장이 법으로 정해진 인감을 찍지 않고 약식 도장을 찍어 용지를 배포했기 때문이다. 무효표는 김씨 부부의 표 등 1692표에 이르렀으며, 같은 경우의 표가 영등포구 상도2동 제5투표소에서도 2572장이 나왔다.

선거 다음 날인 4월 28일자 일본 아사히신문의 기사 내용이다. 후보자 부부의 표가 무효 처리되는 상황에서 선거에 이겼다면 오히려 이상한 일일 것이다. 김대중은 94만 7천여 표 차이로 졌다. 사전 투표, 대리 투표, 표 바꿔치기 등 투표 부정은 전국적으로 광범위하게 저질러졌고, 국내 언론들은 그러한 사실을 제대로 보도도 하지 못했다.

온갖 부정과 탈법에도 불구하고 94만 7천여 표밖에 이기지 못했다는 사실은 박정희에게 충격이었고, 그 후 김대중을 더욱 철저하게 경계의 대상으로 생각하기 시작했다. 아니, 어떤 의미에서는 두려워하기까지 했다. 대통령에 세 번째 당선되었지만 영구 집권을 꿈꾸고 있던 그였다.

그는 결국 김대중을 제거하지 않으면 안 된다고 생각하게 되었던 것 같다. 김대중의 삶에 본격적으로 죽음의 그림자가 드리우기 시작한 것이다.

4

죽음의 검은 그림자

도쿄 납치 사건

대통령 선거가 끝나고 한 달 후 제8대 국회의원 선거가 예정되어 있었다. 김대중은 다시 전국 각지를 돌며 신민당 후보를 지원하기 위한 선거전에 뛰어든다. 20일의 선거운동 기간 동안 그가 돌아다닌 지역은 대통령 선거 때 다닌 지역보다 오히려 더 많았다.

대통령 선거전에서 기회 있을 때마다 박정희의 영구 집권 음모를 폭로했던 김대중은 박정희가 다시 헌법을 고칠 수 없도록 야당 후보를 지지해 달라고 호소했다. 국민들의 반응은 대통령 선거전 때 못지않게 뜨거웠다.

투표일을 이틀 앞둔 5월 24일, 김대중 일행을 태운 차는 목포비행장으로 달리고 있었다. 비행기를 타고 서울로 올라가 서울과 수원 지역 지원 유세를 하기 위해서였다. 그런데 도중에 날씨 때문에 목포비행장에서 비행기가 뜰 수 없다는 이야기를 듣고 광주로 방향을 돌렸다. 광주에서 열차 편으로 상경하기 위해서였다.

일행이 탄 차는 모두 세 대. 도중에 택시 한 대가 사이에 끼어들었다. 김대중이 탄 차를 알아보고 인사를 하기 위해서였다. 택시에는 여섯 명이 타고 있었다. 그들은 김대중을 향해서 손을 흔들었고 네 대의 차는 광주를 향해 한 줄로 달렸다.

맞은편 차선에서 대형 트럭이 한 대 달려왔다. 트럭은 김대중이 탄 차 옆을 지나는 순간 갑자기 90도로 방향을 꺾어 돌진해 왔다. 운전기사가 순간적으로 기지를 발휘해 액셀러레이터를 밟아 앞으로 나갔다. 김대중의 차는 뒷부분 5분의 1쯤이 들이받혔고, 공중으로 떠올랐다가 앞 논바닥에 내려앉았다. 큰 충격 없이, 누가 가볍게 들어올렸다 내려놓은 것 같았다. 김대중이 젊은 시절 공산당에게 처형당할 뻔했던 일에 이어 두 번째로 죽음의 고비를 넘기는 순간이었다. 그는 양팔의 정맥이 끊어졌지만 큰 부상은 아니었다. 그러나 택시에 타고 있던 사람들은 셋이 그 자리에서 숨지고, 다른 셋은 중상을 입는 불행을 당했다. 트럭이 김대중이 탄 차 대신 뒤따르던 택시를 정통으로 받은 것이다.

나중에 알려진 사실이지만 그날 목포비행장의 기상 상황은 비행기가 뜨지 못할 정도는 아니었다고 한다. 누군가가 고의로 비행기 운항을 중단시킨 것이다. 비행기의 운항을 중단시킬 정도라면 상당한 고위층에서 영향력을 행사한 것이 분명했다. 또 트럭도 공화당 전국구 8번에 올라 있어 당선이 유력시 되던 어느 변호사의 것임이 밝혀졌다.

트럭 운전사는 뺑소니를 쳤다가 나중에 나타나 살인 혐의로 기소됐다. 그런데 그를 기소했던 검사는 좌천당하고, 후임 검사에 의해 단순 교통사고로 처리되었다. 정부가 이 사건을 보도하지 못하도록 철저하게 통제한 탓에 그 일은 일반인들에게는 알려지지 않았다. 김대중은 팔에 깁스를 한 채 지원 유세를 계속했다.

선거 결과는 공화당이 과반수를 10석 넘은 123석을 얻었고, 신민당은 개헌 저지선 65석을 훨씬 넘어서는 89석이었다. 예상을 뒤엎는 큰 승리라고 할 수 있었다. 그러나 박정희의 영구 집권 야욕 앞에서 국회의 개헌 저지선은 아무 의미 없는 것이 되고 말았다.

그로부터 일년 반이 채 안 된 1972년 10월 17일 오후 7시, 박정희는 전국에 비상계엄을 선포하고 국회 해산, 정당 활동 중지, 헌법의 일부 효력 정지 등의 비상조치를 알리는 특별선언을 발표한다. 그리고 비상 국무회의가 소집된다. 이른바 '10월 유신' 이라 불리게 된 조치로, 박정희가 마침내 영구 집권을 위한 순서를 밟기 시작한 것이다.

그날 김대중은 일본에 있었다. 목숨을 잃을 뻔했던 교통사고 후유증으로 생긴 고관절을 치료하기 위해서였다.

"이런 일은 언제나 내가 서울에 없을 때 일어나는군!"

그는 호텔방에서 친구와 함께 굳은 얼굴로 텔레비전 뉴스를 보다가 말했다. 정말 꿈에도 생각지 못했던 일이었다. 국내에 특별한 정치 불안이 없는 상황이었고, 7·4 남북공동성명 이후 남북관계도 순조롭게 진행되고 있었다. 물론 박정희가 영구 집권의 야욕을 가지고 있다는 것은 알고 있었고, 기회가 있을 때마다 그런 사실을 경고했던 그이기는 했다. 그러나 그의 판단은, 개헌안 통과에 필요한 의석을 가지고 있지 못한 여당이 야당을 분열시켜 개헌안 통과에 필요한 3분의 2 의석을 확보한 후 다시 헌법을 개정해서 집권을 연장하려 할 것이라는 생각이었다.

그날 밤 그는 잠을 이룰 수 없었다. 수도사단 기갑부대의 장갑차가 서울 시내 곳곳에 깔려 있고 신문사와 방송사, 대학, 그리고 시내 번화가 곳곳에 계엄군 완장을 두른 군인들이 총을 겨누고 있는 모습이 자꾸 눈앞에 어른거렸다. 그리고 자신의 정세 판단이 정확하지 못했음을 한탄하지 않을 수 없었다. 5·16 쿠데타로 정권을 잡은 박정희가 11년 만에 다시 제2의 쿠데타나 다름없는 조치를 자행한 것이었다.

그는 이틀 후 서울로 돌아갈 예정이었고, 예정대로 돌아갈 것을 결심한다. 서울로 돌아가 목숨을 걸고 다시 독재정권과 싸워야 한다는 생각이었다. 그러나 냉정하게 사태를 되짚어 보자, 서울로 돌아가는 것이 최선이 아님을 깨닫는다. 정치 활동이 전면 금지되어 있는 서울로 돌아가 봐도 박 정권과 싸울 수 있는 뾰족한 방법이 없는 상황이었다. 그보다는 해외에서 박 정권의 독재와 싸우는 것이 여러모로 유리하다는 판단이었고, 그는 도쿄에 그대로 남기로 생각을 바꾼다.

다음 날 김대중은 즉각 행동을 개시했다. 그는 도쿄 주재 각국 기자들과 회견을 갖고, 서울에서의 비상계엄과 특별 선언이 지극히 비민주적인 조치이며, 박 정권이 독재 체제를 보다 강화하여 영구 집권의 길로 가기 위한 음모임을 폭로한다. 그리고 '박 대통령의 행위가 세계의 여론으로부터 엄중한 비판을 받음과 동시에, 민주적인 자유를 열망하여 이승만 독재 정권을 타도한 위대한 한국민의 힘에 의해 반드시 완전히 실패로 돌아갈 것을 확신한다' 는 성명을 발표한다.

한편 한국에서는 유신 체재를 굳히기 위한 숨 가쁜 정치 일정이 진행된다. 비상조치에 의해 국회의 기능을 대신하게 된 비상 국무회의는 27일 헌법 개정안을 공고하고, 11월 21일 국민 투표가 실시된다. 결과는 91.9%의 투표율에 91.5%의 찬성이었다. 유신헌법에 대한 국민의 압도적인 지지를 대외에 과시하고 싶었던 정부가 개헌안에 대한 찬반 토론을 금지해 놓고, 지도 계몽반을 편성해 일방적으로 대대적인 선전 활동을 벌였고, 투표를 거부할 수도 없는 억압적인 분위기를 조성한 탓에 공산당 투표에서나 나올 수 있는 엄청난 투표율과 찬성률이 나온 것이다.

이어서 새 헌법에 의해 통일주체국민회의 대의원을 뽑는 선거가 12월 15일 실시되어 2,359명의 대의원들이 선출된다. 정부 여당의 꼭두각시나 다름없는 그들은 23일 투표를 통해 박정희를 제8대 대통령으로 선출했다. 지지율은 99.9%……. 100% 지지율이 나오지 않은 것은 대의원 중 한 명이 문맹이어서 '박정희'라는 이름을 틀리게 쓴 탓이었다. 대의원으로 뽑힌 인물들의 자질을 알아보게 하는 일이었다.

그동안 김대중은 미국과 일본을 오가며 기자 회견, 강연 등을 통해 끈질기게 반독재 투쟁을 벌였다. 그리고 서울에 남아 있는 가족들은 철저한 감시와 통제 속에서 말할 수 없는 고통을 겪고 있었다. 그해 겨울은 유난히 추웠는데, 보일러 연료비 때문에 거의 불을 넣지 못하고 전기담요 한 장을 둘러쓰고 혹독한 겨울을 지내야 했다. 또 중앙정보부 요원들이 그의 가족과 인사만 나눠도 끌고 가서 귀찮게 조사를 하는 탓에 사람들의 발걸음도 끊어지다시피 했다.

해외에서 김대중의 반독재 투쟁은 더욱 강화되었다. 그는 영향력 있는 외국의 수많은 인사들을 만나 친교를 맺고, 그들의 지지를 이끌어낸다. 박 정권은 외국에서의 김대중 활동에 점점 위협을 느끼며, 그를 그대로 내버려두어서는 안 된다고 생각한다. 그리고 그를 향한 검은 그림자가 다가온다.

1973년 8월 8일, 며칠째 계속되는 무더위로 도쿄의 날씨는 아침부터 후덥지근했다.

아침 열 시 반, 김대중은 외출을 위해 사무실 겸 숙소로 쓰고 있는 하라다 맨션을 나섰다. 신민당을 탈당해서 새로 통일민주당을 만든 양일동 당수를 만나기 위해서였다. 양일동은 그랜드 팔레스 호텔에 머물고 있었다.

김대중의 경호를 맡고 있는 김군부와 김경수가 따라나섰다. 둘 다 재일동포로, 그의 연설을 듣고 자원해서 경호를 맡겠다고 나선 성실한 청년들이었다.

"자네, 오늘 오지 않아도 되겠네."

김대중은 함께 차에 오르려는 김군부에게 말했다. 그 사이 김경수가 택시 앞좌석으로 올랐다. 이미 차에 탄 그까지 뿌리칠 수 없어 김대중은 내버려두었다.

택시는 그랜드 팔레스 호텔에 도착했다. 김대중은 양일동이 머물고 있는 2211호 앞에 이르자 김경수에게 밑에 내려가 기다리라고 말했다. 양일동 당수와 단둘이 국내 정세 등에 대해서 편안한 마음으로 이야기를 나누고 싶었기 때문이다.

"어서 오시오."

양일동은 반갑게 김대중을 맞았다.

"빨리 병 털어내고 함께 신명나게 싸웁시다."

김대중은 응접 의자에 앉으며 말했다. 양일동이 일본에 온 것은 지병인 당뇨를 치료하기 위해서였다.

양일동은 김대중이 궁금해하는 국내 정세에 대한 이런저런 이야기들을 자세히 해 주었다. 얼마 후 뜻밖에 김경인 의원이 방에 나타났다. 그는 김대중과 먼 친척뻘 되는 사람으로, 양일동이 당수로 있는 통일민주당 소속 국회의원이었다. 그들은 객실에서 점심 식사를 시켜 먹으며 계속 이야기를 나눴다. 양일동은 새로운 화제를 꺼냈다.

"주일 한국대사관 김재권 정보담당 공사가 문안을 왔더구먼. 자네를 꼭 만나야 할 일이 있는데 만날 수 없다고 애를 태우고 있어. 그래서 내가 금명간 자네와 만날 예정이라고 해 두었네만."

"그런 사람 만날 일 없습니다."

김대중은 대수롭게 않게 양일동의 이야기를 받아넘겼다. 그러나 그것이 함정이었음이 얼마 안 가 밝혀졌다. 김대중과 양일동이 만날 예정이라는 것을 안 그들은 양일동을 감시하고 있었다. 양일동을 감시하고 있으면 틀림없이 김대중이 나타나리라 판단한 것이다.

김대중은 오후에 전 외무대신인 기무라 도시오 의원과 만날 약속이 되어 있었다. 그는 1시 15분쯤 양일동과 작별하고

방을 나섰다. 그리고 김경인 의원이 그를 배웅하기 위해 따라 나왔다. 그때였다. 건장한 체구의 남자 5~6명이 김대중에게 달려들어 목덜미를 움켜잡았다.

"이게 무슨 짓이야!"

김대중과 김경인이 고함을 지르며 맞섰지만 그들의 완력을 당해낼 수는 없었다. 그들은 김경인을 양일동이 있던 2211호로 되밀어 넣고, 김대중은 옆방인 2210호로 끌고 들어갔다.

"뭐하는 짓들이야!"

"당신들 누구야?"

김경인과 양일동이 다시 쫓아 나와 번갈아 소리쳤다.

"양일동 선생님이시죠? 우리는 서울에서 왔습니다. 금방 끝납니다. 조금 이야기만 하면 됩니다."

분명한 서울 말씨였다. 한국인이 틀림없었다.

"그래도 당신들, 사람을 이렇게 대해도 되는 거야?"

김경인이 다시 말했다.

"김경인 선생님이신 줄 알고 있습니다. 이건 국내 문제니까 조용히 해 주시기 바랍니다. 여기서 떠들면 한국인 망신입니다."

그들은 이쪽에 대한 충분한 정보를 가지고 있는 것이 분명했다. 계속 떠들었다가 한국에 좋지 못한 일이 생길지도 모른다는 생각에 두 사람은 잠시 기다려보기로 했다.

한편 옆방으로 끌려들어 간 김대중은 침대에 내동댕이쳐졌다. 그리고 마취제에 적신 손수건이 코에 들이대지는 바람에 한순간 의식이 몽롱해졌다. 마취 성분이 그리 강하지는 않았는지 완전히 정신을 잃지는 않았다.

"조용히 해. 말을 듣지 않으면 죽여버리겠다."

그들 중 하나가 유창한 한국어로 협박했다. 재일 동포는 아닌 것이 분명했다. 김대중은 경황 중에도 그런 판단을 할 수 있었다.

나중에 알게 된 사실이지만 그들은 배낭과 밧줄, 비닐, 화장지 등을 준비해 가지고 있었다. 김대중의 몸을 토막 내 배낭에 넣어 호텔을 빠져나가려 했던 것이 그들의 본래 계획이었던 것이다. 그러나 양일동, 김경인 등이 큰소리로 떠들고, 주변이 소란해지는 바람에 계획을 바꾸지 않을 수 없었다. 김대중은 이렇게 세 번째 죽을 고비에서 벗어났다.

얼마 후 그들은 마취로 몽롱해진 김대중을 끌고 객실에서 나와 엘리베이터에 태워 지하실 차고로 데려가 차에 태웠다. 그들은 김대중을 뒷자리에 밀어 넣고 양옆에 앉았다. 앞좌석에도 두 명이 있었다. 그들은 김대중의 머리를 찍어 눌러 바닥에 박게 한 후 위에서 발로 몸을 눌렀다.

차가 움직이기 시작했다. 한국 야당 대통령 후보였던 김대중은 그렇게 대낮 일본 도심의 호텔에서 첩보 영화의 한 장면처럼 납치되었다. 그리고 그 사건은 오후 3시 50분, NHK 텔레비전 화면에 속보 자막으로 처음 보도되었다.

김대중을 납치한 차량은 도심을 빠져나와 고속도로를 달리기 시작했다. 몸이 불편해서 김대중이 조금이라도 움직이면 그들은 사정없이 발로 걷어찼다. 차는 계속 달렸고 어디로 가고 있는 것인지, 얼마나 시간이 흘렀는지 짐작도 할 수 없었다.

마침내 차가 어느 건물에 도착했다. 건물 안으로 김대중을 끌고 들어간 납치범들은 그의 겉옷을 벗긴 후 다른 옷으로 갈아입히고 구두도 바꿔 신겼다. 그리고 끈으로 온몸을 묶고 얼굴은 코만 남긴 채 포장용 강력 테이프로 몇 번이나 감았다.

그런 상태로 그곳에서 두 시간쯤 머문 후 납치범들은 김대중을 다시 차에 태웠다. 벌써 저녁이었다. 그는 이번에도 납치범들의 발밑에 눕혀졌다.

30분쯤 차를 달렸을까? 김대중의 귀에 파도 소리가 들렸다. 해운회사를 할 때 자나깨나 듣던 파도 소리! 문득 고향 하의도 앞바다 모습이 떠올랐다. 그리고 사람은 흙에서 나서 흙으로 돌아간다는데, 나는 바닷가에서 나서 다시 바다로 돌아가게 되는 모양이라는 생각이 머리를 스쳤다.

김대중은 바닷가 선착장에서 모터보트에 옮겨 태워졌다. 부근에 몇 척의 배가 정박해 있다는 느낌이 들었다. 내 삶은 이것으로 끝인가 보다 하는 생각에 그는 묶인 손으로 십자가를 그었다. 누군가가 배를 걷어찼다.

"때릴 것 없잖소. 나는 이미 죽음을 각오하고 있소. 죽음을 각오한 사람, 때릴 필요가 있겠소?"

김대중이 말했다. 상대는 아무런 대꾸도 하지 않았다.

새벽 한 시경, 그는 큰 배에 옮겨 태워졌다. 조금 전 그들이 12시 50분이라고 말하는 것을 들었기 때문에 시간을 짐작할 수 있었다.

납치범들은 김대중을 갑판 쪽으로 데리고 갔다. 그리고 얼굴에 붙였던 강력 테이프를 떼고, 몸을 묶었던 끈도 푼 후 다시 꼼꼼하게 묶었다. 또 입에는 나뭇조각을 물린 뒤 붕대로 감고, 양쪽 눈에 각각 다섯 번씩 스카치테이프를 붙인 후 그 위를 붕대로 감았다. 마지막으로 양쪽 손목에 30~40킬로그램쯤 되는 추를 달았다.

"던질 때 벗겨지지 않겠어?"

"글쎄, 이불에 묶어 던지면 떠오르지는 않는다는데……."

작업을 하면서 내내 말이 없던 납치범들이 나지막한 목소리로 주고받는 이야기가 들렸다. 그러나 그들은 이불로 묶지는 않았다.

김대중은 '이제 끝이구나!' 하는 절망감이 엄습했다. 하나님께 기도할 생각도 떠오르지 않았다. 그 순간 그가 생각했던 것은 기도가 아니라 앞으로 몇 분간의 운명이었다.

'바다에 던져지면 물속에서 노끈을 벗길 수 있을까? 그것은 무리겠지……. 바다에 던져지면 몇 분 안에 끝나고 말 거야……. 그렇게 되면 고생도 끝나겠지. 좋지 않은가? 아니, 상어에게 하반신을 먹히더라도 상반신이라도 살고 싶다…….'

그때였다. 눈앞에 갑자기 예수의 모습이 나타났다. 기도할 생각도 하지 못했는데, 참으로 불가사의한 일이었다. 그는 예수의 옷자락을 붙잡고 매달렸다.

"살려주십시오. 아직 못다 한 일이 많습니다. 한국민들을 위해 하지 않으면 안 될 일들이 많습니다. 저는 국민들이 저에게 보내 준 기대에 부응하지 않으면 안 됩니다. 구해 주십시오."

그동안 기도라면 수천 번도 더 해왔던 김대중이다. 그러나 자신을 살려달라는 내용의 기도를 한 것은 처음이었다. 기도가 끝나자 눈을 감았는데도 붉은 광선이 번쩍 비쳐왔다.

"비행기다!"

비행기 소리와 함께 갑판에 있던 사내들이 황급히 뛰어가는 소리가 들리고, 배가 전속력으로 달리기 시작했다. 무슨 일이 일어난 것은 분명한데, 구체적인 것은 알 수 없었다. 배는 30분쯤 마구 달리다 본래의 순항 속도로 돌아왔다.

"혹시 김대중 선생 아니십니까?"

갑판에 나뒹굴어진 채 있는 김대중에게 한 사내가 다가와 말했다. 경상도 말씨였다. 김대중은 고개를 끄덕거렸다.

"1971년 대통령 선거 때 저도 부산에서 선생에게 투표했습니다. 선생님, 이제 살았습니다."

사내가 김대중의 귀에 대고 속삭였다. 김대중이 네 번째 죽을 고비에서 벗어났음을 확인시켜주는 한마디였다. 김대중은 한순간 긴장이 풀리며 형언할 수 없는 감정에 사로잡혔다. 사내는 입을 봉하고 있던 붕대를 풀고 담배에 불을 붙여 입에 물려주었다. 그리고 주스도 한 컵 갖다 주었다. 사내의 말로 이곳이 도쿠시마 근해라는 것도 알 수 있었다.

배는 항해를 계속했다. 김대중은 배 안에서 9일과 10일, 이틀을 꾸벅꾸벅 졸면서 지냈다. 그리고 11일 새벽, 밖에서 사람들이 떠드는 소리를 듣고 배가 한국 해안에 도착했다는 것을 알 수 있었다.

삼시 후 의사가 나타나 김대중을 진찰하고 손과 발의 상처를 치료했다.

밤 9시쯤 김대중은 배에서 내려 차에 태워졌다. 미군들이 사용하는 쓰리쿼터였다. 쓰리쿼터는 몇 시간을 달렸고 다시 지프에 옮겨 태워졌다. 몸이 묶인 것은 풀렸지만 입과 눈은 여전히 붕대로 가려진 채였다.

"영양제니까 먹어두세요."

옆에 탄 사내가 작은 알약 두 개를 김대중에게 주었다. 별 의심 없이 입에 넣고 삼켰는데, 곧 깊은 잠에 빠졌다. 영양제라고 준 것은 수면제였던 것이다.

잠에서 깨어났을 때 그는 느슨해진 붕대 사이로 조금씩 주위를 살필 수 있었고, 어느 양옥집 2층에 와 있다는 것을 알 수 있었다.

납치 엿새째 되는 13일 오후, 젊은 남자가 그를 찾아왔다.

"김대중 선생, 이야기 좀 합시다. 선생은 왜 해외에 나가 국가에 반대하는 투쟁을 하는 겁니까?"

"난 대한민국이라는 국가에 대해서 반대한 적이 한 번도 없소. 내가 반대하는 것은 박 정권이지, 국가가 아니오."

"국가나 정부나 다를 게 없잖습니까?"

사내는 볼멘소리로 되물었다.

김대중은 대답 대신 그냥 웃었다. 국가와 정부가 어떻게 다른지 그런 초보적인 문제를 가지고 그와 불필요한 논쟁을 하고 싶지 않았기 때문이다.

"김대중 선생, 나와 협상 좀 합시다."

사내가 화제를 바꾸었다.

"무슨 협상이오?"

"지금부터 선생을 데리고 나가 집 근처에 풀어드릴 예정입니다. 차에서 내리거든 거기서 소변을 보십시오. 그 사이 눈의 붕대를 풀거나 소리를 내서는 안 됩니다. 소변을 다 보거든 집으로 돌아가셔도 좋습니다."

김대중이 협상안을 받아들이자 그들은 서울 시가지를 달려 어느 뒷골목에 김대중을 내려놓았다. 그는 거기서 소변을 보고 붕대를 풀었다. 그 사이 그들은 흔적 없이 사라졌다.

김대중을 풀어놓은 곳은 동교동 집 근처의 주유소가 있는 곳이었다. 달빛이 무척 밝았고, 시원한 저녁 바람을 쐬러 나온 사람들이 길 곳곳에 보였다. 너무 평온한 밤의 모습이어서 김대중 자신도 마치 산보에서 돌아오는 것 같은 기분이 들 정도였다.

그는 집 앞에 이르러 직장에서 퇴근해 돌아오는 가장처럼 초인종을 눌렀다. 시간은 밤 열 시가 넘어 있었고, 도쿄에서 납치된 지 엿새 만이었다.

길고 긴 겨울

"김대중이 동교동 집에 와 있다. 우리가 데려왔다. 우리는 애국청년구국대원이다. 김대중 같이 외국에 나가 경거망동하는 놈은 앞으로 절대 그냥 두지 않겠다."

김대중이 도쿄에서 납치된 지 엿새 만에 집으로 돌아왔을 즈음, 각 언론사의 전화벨이 요란하게 울렸다. 그리고 한 사내가 김대중이 집에 돌아와 있음을 알렸다. 사내는 자기 말만 일방적으로 한 후 무엇을 물을 여유도 주지 않고 전화를 끊었다.

8일 한낮에 발생한 김대중 납치 사건은 박 정권의 통제로 9일 아침에야 국내 언론에 처음 보도되었다. 그러나 알려진 자료가 거의 없어 며칠이 지나도록 제대로 된 보도가 나가지 못하고 있었다. 그러던 차에 언론사에 전화가 걸려 온 것이었다. 기자와 카메라맨들이 김대중의 집으로 몰려왔다. 그가 집으로 돌아온 지 한 시간이 채 안 되어서였다.

김대중은 가족과 함께 막 기도를 끝낸 후였다. 납치되었던 배 안에서 죽음 직전 예수를 만났던 일을 이야기하자 가족들은 누가 먼저랄 것 없이 무릎을 꿇고 기도를 시작했던 것이다. 갑자기 들이닥친 기자들 때문에 김대중은 옷을 갈아입을 틈도 없었다.

몰려온 기자들은 50여 명이었다. 그중에는 일본과 미국 언론의 특파원들도 있었다. 카메라 플래시가 터지고 질문이 쏟아졌다. 김대중은 6일 동안 겪었던 일을 낱낱이 설명했다. 눈물 때문에 자주 말문이 막혔다.

다음 날 정부는 이번 사건과 한국 정부는 아무런 관련이 없다는 성명을 발표했다. 또 일본과 별도로 독자적인 사건 수사를 하겠다는 입장도 밝혔다.

김대중 납치 사건은 남북 관계와 한일 관계에 커다란 영향을 미쳤다.

"김대중 씨 사건은 중앙정보부의 짓이다. 그 수장인 이후락 남북조절위원회 공동의장과는 더 이상 대화를 계속할 이유가 없다."

북측 남북조절위원회 공동의장인 김영주는 성명을 발표하고 일방적으로 대화 중단을 선언했다. 1972년의 7·4 남북공동성명으로 겨우 물꼬가 텄던 남한과 북한 사이의 대화는 일 년여 만에 다시 단절되고, 남북교류가 이루어져 북에 두고 온

도쿄에서 납치되어 토막살인과 수장이라는 죽음의 위기를 딛고 구사일생으로 구출된 김대중이 기자회견을 갖고 있다.

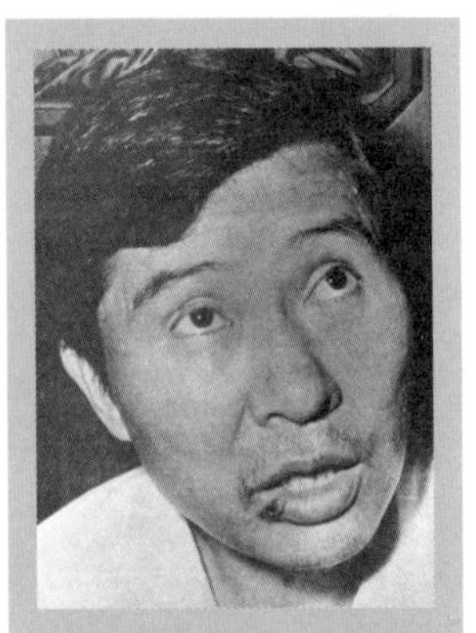

기자회견에서 납치 당시의 상황을 설명하는 김대중.
입술에 보이는 상처로 납치 당시 폭행이 가해졌음을 알 수 있다.

가족들의 소식을 알 수 있기 원했던 이산가족들의 꿈도 안타깝게 깨어지고 만 것이다.

한국과 일본 사이에도 외교적 마찰이 빚어졌다. 납치 사건을 수사하던 일본 경찰은 범행 현장에서 주일 한국대사관 1등 서기관 김동운의 지문을 찾아냈다. 일본 경찰은 김동운의 출두를 요구했고, 한국 대사관 측은 외교 특권을 내세워 그것을 거부했다. 지문의 발견은 한국 관리가 사건에 관여했음을 말해주는 것이고, 한국의 공권력에 의해 일본의 주권이 침해당했음을 의미하는 것이었다. 일본 정부는 가을로 예정되어 있던 한일 각료회의를 무기 연기했다. 일본이 할 수 있었던 가장 강력한 조치였다.

한편 김대중은 정치 활동이 금지되고, 집에 연금당하는 처지가 되었다. 그의 집 주변에는 경찰 초소 일곱 곳이 설치되고 경찰 기동대 2, 3백 명이 늘 지켰다. 또 비상시에는 경찰 병력이 3,000명까지 늘어나기도 했다. 그와 같은 연금 생활은 1987년 노태우 대통령의 이른바 '6·29 선언'이 있기까지 무려 14년이나 이어졌다.

감옥 아닌 감옥! 장기간의 연금 생활은 김대중에게 정말 견디기 어려웠다. 그는 정신적인 고통을 이기기 위해 매일 아침 넥타이를 매고 양복을 차려입고 안방에서 서재로 출근했다. 그리고 저녁때가 되면 퇴근하듯 다시 안방으로 돌아와 편안

한 옷으로 갈아입었다.

집에 갇혀 지내기 시작한 지 5개월이 조금 더 지난 이듬해 2월, 김대중은 아버지가 위독하다는 연락을 받는다. 돌아가시기 전 한 번만이라도 아버지를 뵙고 싶었다. 그는 자신을 감시하고 있는 정보기관 사람에게 문병을 다녀올 수 있게 해달라고 간곡하게 부탁했다.

"안 됩니다. 선생을 절대 집 밖으로 나가게 해서는 안 된다는 것이 상부의 지십니다."

정보기관 사람은 더 이상 말을 붙일 수 없을 만큼 매정하게 김대중의 청을 거절했다.

얼마 후, 아버지가 돌아가셨다는 연락이 왔다.

부모의 죽음에 임종하고 장례식을 치르는 것은 자식의 도리이고 전해 내려오는 우리의 미덕이다. 그러나 박 정권은 이번에도 그의 연금을 풀어주지 않았고, 그는 하의도에서 치러진 아버지의 장례식에 참석할 수 없었다.

김대중이 납치됐다 돌아온 지 일 년이 지난 1974년 8월 14일, 김동조 외무장관은 우시로쿠 주한 일본 대사를 불러 그동안 한국의 수사결과 보고서를 넘겨주었다.

〈범행 현장에서 지문이 발견됐다는 주일 한국대사관 김동운 1등서기관은 본인의 혐의를 부인하고 있다. 그 외 다섯 명의 용의자들도 현 단계에서 범행에 가담했다는 증거가 없으

므로 수사의 종결을 결정했다.〉

아무런 알맹이 없이 수사를 종결하겠다는 내용의 한국 수사결과 보고서에 일본 정부와 수사 당국은 강하게 반발했다. 그러나 다음 날 일본 정부와 경찰이 침묵하지 않으면 안 되는 중대한 사태가 발생했다.

다음 날인 8월 15일은 스물아홉 번째 맞는 광복절로, 국립극장에서 성대한 기념식이 열리고 있었다. 대통령 박정희의 축사가 시작되고 5, 6분쯤 지났을 때였다. 관중석에서 한 청년이 뛰어나오며 축사를 하고 있는 대통령을 향해 권총을 발사했다. 총탄이 빗나가 대통령은 무사했지만, 뒤편에 앉아 있던 부인 육영수 여사가 머리에 관통상을 입고 목숨을 잃었다. 범인은 현장에서 체포되었다. 문세광이라는 재일교포였다.

조사 결과 문세광이 범행에 사용한 권총을 일본 경찰 파출소에서 훔쳤다는 사실이 밝혀졌다. 또 그가 재일 북조선 관련 조직의 지령을 받고 범행을 저질렀다는 사실도 밝혀졌다. 범행이 일본 국내에서 준비되고, 일본 경찰의 권총이 사용됐다는 사실 때문에 한국에서는 일본을 비난하는 소리가 쏟아져 나왔다. 한일 관계도 다시 급속하게 냉각되었다. 그 바람에 일본의 반발을 샀던 김대중 납치 사건에 대한 한국 측 보고서도 흐지부지 묻혀버리고 말았다.

온갖 수단을 동원해서 자신에 반대하는 세력을 탄압하는

박정희의 폭압정치는 계속되었다. 그러나 민주화 운동의 불길을 완전히 잠재울 수는 없었다. 1974년 11월, 김대중은 연금생활 속에서도 재야 반유신 투쟁의 결집체인 민주회복국민회의를 만들어 윤보선, 함석헌과 함께 공동의장에 추대되었다. 민주회복국민회의는 '민주시민을 위한 헌장'을 발표하고 시민들이 민주주의를 가로막는 모든 법과 제도에 맞서 저항할 것을 촉구했다. 그 방법으로 비폭력 저항, 시민 불복종 운동, 민주세력 간의 총단결 등 세 가지 원칙이 제시되었다.

박 정권은 비폭력, 무저항, 민주화 운동을 계속 강권으로 탄압했다. 긴급조치 7호를 발령하여 대학생들의 시위를 전면 금지시키고, 대통령 모욕죄를 만들어 자신에 대한 어떤 비방도 하지 못하게 했다. 학생 시위가 격렬한 고려대학교에는 군대가 들어가 주둔했다.

박 정권의 탄압은 민주화 운동을 잠시 수그러들게 하는 듯했다. 그러나 재야 민주세력은 다시 한 번 유신 독재정권에 정면 도전장을 낸다.

1976년 3월 1일, 서울 명동성당에서는 오전과 오후 두 차례 서로 다른 행사가 열렸다. 오전에는 서울시가 주최하는 3·1절 기념식이 열려 최규하 국무총리가 "유신체제의 정신은 3·1운동 정신과 같다"는 박정희 대통령의 기념사를 대신 읽었다. 그리고 오후에는 이승훈 신부가 집전한 미사에 이어 김대중,

윤보선, 함석헌, 안병무, 이문영, 정일형, 이태영, 이우정, 서남동, 문익환, 문동환, 김지하 등 재야 민주세력을 상징하는 인사들이 서명한 구국선언문이 낭독되었다. 뒷날 '3·1 구국선언' 이라 불리게 된 사건이다.

> 오늘로 3·1절 쉰일곱 돌을 맞으면서, 우리는 1919년 3월 1일 전 세계에 울려 퍼지던 이 민족의 함성, 자주 독립을 부르짖던 그 아우성이 쟁쟁히 울려와서, 이대로 앉아 있는 것은 구국 선열들의 피를 이 땅에 묻어버리는 죄가 되는 것 같아 우리의 뜻을 모아 '민주 구국선언' 을 국내외에 선포하고자 한다…….

이우정이 낭독한 선언문의 내용은 유신철폐와 박정희의 퇴진 요구로 요약되는 것이었다. 이 선언은 검열 때문에 국내 언론에는 보도되지 못했지만 일본 등 외국 언론에 크게 보도되면서 알려지게 되었다.

박 정권은 선언문에 서명한 사람들을 대통령 긴급조치 9호 위반으로 구속했다. 그리고 재판이 열렸다.

재판의 파장은 컸다. 피고인에 전직 대통령과 대통령 후보에 출마했던 사람, 존경받는 재야 지도자와 거물 야당의원, 신구 교회의 지도자, 대학교수, 여성 변호사, 시인 등 각계각층의 인사들이 망라되어 있는데다가 그들이 모두 민주 양심

3 · 1 구국선언으로 수감된 민주 인사들의 석방 운동을 벌이고 있는 모습.
가운데 이희호 여사의 모습이 보인다.

세력을 대표하는 인사들이어서 재판에 국내외의 관심이 집중되었다. 그 바람에 3·1 구국선언은 저절로 큰 사건이 되었다. 그리고 주춤거리던 민주화 운동과 인권 운동의 불씨를 되살리고, 국제적으로도 관심과 지지를 받게 되었다.

김대중은 1심에서 8년형을 선고받고 고등법원에 상고한다.

> 나는 재판 결과가 어떻든, 현 정부가 나에게 어떤 짓을 하든 그런 것에 좌우되지 않겠습니다. 이 나라의, 이 법정이 우리들의 석방 또는 무죄를 결정할 수 없다는 것을 잘 알고 있습니다. 여하한 결과가 되든 국민과 하나님에 대한 나의 약속과 의무를 이행할 뿐입니다.
>
> 여기에 계신 여러분, 그리고 이 법정 밖에 있는 국민 여러분이 우리들 각자의 입장을 초월해서 국민의 인권이 보장되는 정치적 자유, 평등한 경제적 조건을 보장하는 새로운 경제 질서, 정직하고 근면하고 양심적인 사람들이 성공하고 양심, 학문, 신앙의 자유가 있는 그러한 정의 위에 신 사회가 실현되는 것을 진심으로 마음속으로부터 여러분 한 사람 한 사람의 손을 마주 잡고 호소하면서 최종 진술을 끝내고자 하는 바입니다.

김대중은 상고심에서 이렇게 최종 진술을 했다. 그리고 이듬해(1977년) 3월 22일, 대법원의 확정 판결이 내려진다. 김대중은 징역 5년에 자격 정지 5년이었다.

그는 진주 교도소에서 수감생활을 시작한다. 그 후 건강이 악화되어 그해 12월 서울대학병원으로 이송되었지만 병원에서의 수감 생활은 교도소 때보다 오히려 더 그를 힘들게 했다. 접견 차단, 창문 봉쇄, 서신 제한, 운동 금지 등 온갖 비인간적인 조치를 했기 때문이다. 그는 그런 비인간적인 조치들에 단식으로 맞서 항의했다.

1978년 7월 6일, 박정희는 통일주체국민회의 대의원 투표로 제9대 대통령에 다시 선출된다. 그리고 김대중은 그해 12월 27일 형집행정지로 서울대학병원 병실의 감금 생활에서 풀려난다. 박정희가 그해 마지막 특사로 그를 가석방한 것이었다. 구속된 지 2년 9개월만이었다. 그러나 완전한 자유가 주어진 것은 아니었다. 그에게는 다시 집에서의 연금 생활이 기다리고 있었다.

3 · 1 구국선언으로 수감되었다가 특사로 가석방된 후 자택에서의 연금 생활.
200여 명의 경관들의 감시 아래 친지들도 방문할 수 없었던 연금의 시간들을 사진 속 달력이 말해주고 있다.

서울의 봄

1979년 10월 27일 새벽, 김대중 부부는 요란한 전화벨 소리에 잠에서 깨어났다.

“로스앤젤레스래요. 받아보세요.”

전화를 받은 이희호가 김대중에게 수화기를 건네주며 말했다. 전화는 잘 아는 사람으로부터 걸려 온 것이었다.

“박정희 씨가 살해됐다는데 알고 계십니까?”

그가 말했다.

“예? 그게 무슨 말이오?”

김대중은 소스라치게 놀라지 않을 수 없었다.

“뉴스에 나오고 있습니다. 오랜 독재가 끝나게 됐으니 다행입니다.”

“아아, 아니오. 아직 자세한 내용은 알 수 없지만 그런 식으로 끝나서는 안 될 일입니다.”

전화를 끊고 난 김대중은 한동안 멍한 기분으로 앉아 있었다. 민주주의를 말살하고 국민을 핍박하며 오랫동안 독재를 해 오던 주인공이 죽었으니 반가운 일일 수도 있었다. 그러나 꼭 그렇지만은 않다는 것이 김대중의 생각이었다. 민주주의는 국민의 힘으로 쟁취해야 하는 것이지, 암살이나 쿠데타에 의해 이루어져서는 안 된다는 것이 그의 신념이다. 장차 정국이 어떻게 요동칠지 생각하면 불안했다.

"이거 참 기가 찰 노릇이오. 누군가가 정말 큰일 날 짓을 한 모양입니다."

한참만에 김대중이 말했다. 이희호도 불안한 낯빛이 되어 아무런 대꾸를 하지 못했다. 그녀도 남편의 신념을 잘 알고 있기 때문이다.

박정희는 그렇게 생애를 마쳤다. 62세의 나이로, 평소 믿었던 부하인 중앙정보부장 김재규의 총탄에……. 그리고 정국은 김대중이 염려했던 대로 불안의 소용돌이 속으로 빠져들기 시작했다.

"박정희 대통령의 서거로, 헌법 제48조의 규정에 따라 최규하 국무총리가 대통령 권한 대행으로 취임했다."

박정희가 암살된 지 10일 만인 1979년 11월 6일, 계엄사령부 합동수사본부장 직책을 맡고 있던 국군보안사령관 전두환 중장은 이와 같이 공표했다. 그리고 얼마 안 있어 권력을 향한 전두환의 야심을 읽을 수 있는 사건이 발생했다. 12월 12일 저녁, 전두환은 합동수사본부 소속 허삼수, 우경윤 대령에게 정승화 육군 참모총장을 연행할 것을 지시했다.

두 사람은 오후 6시 50분경 무장한 제33헌병대 병력을 정승화 육군 참모총장 공관 주변에 배치했다. 그리고 20분쯤 후 공관으로 들어가 정승화를 총으로 위협해 국군보안사령부 서빙고 분실로 연행했다. 그 과정에서 공관 경비 병력과 총격전이 벌어지기도 했으나 합동수사본부 측은 큰 저항 없이 정승화를 연행할 수 있었다. 정승화 육군 참모총장의 연행은 대통령의 재가 없이 이루어진 일로, 5·16이후 또 한 번 하극상에 의한 군사쿠데타가 시작되는 순간이었다.

김대중은 이대로 두어선 안 된다는 생각이 들었다. 계엄사령부 합동수사본부장이라는 전두환의 직책은 국군보안사령부와 군, 경찰 등을 망라한 국가의 모든 수사 기관을 지배하는 자리였다. 계엄령 아래에 있기 때문에 그것이 가능하고, 국회에서 건의해 계엄령을 해제하면 합동수사본부는 자연히 해체되고, 전두환도 또한 군 수사기관의 장에 불과해 그 권력을 상실하게 된다. 그때만 해도 전두환의 힘은 그리 대단한 것이 아니었다.

김대중은 김종필이 이끌고 있는 여당인 공화당과 김영삼이 당수인 신민당에 연락해 전두환의 탈법적인 행위들에 대해서 강력하게 대응할 것을 요구했다. 그는 공민권이 회복되지 않아 정치 활동을 할 수 없었고, 영향력을 행사할 수 있는 당이나 조직화된 정치 기반이 없는 상태였다.

그러나 공화당도, 신민당도 김대중의 말에 전혀 귀를 기울이지 않았다. 민주정치를 향해 가는 것이 틀림없으니 걱정할 필요 없다는 것이었다. 그리고 양당은 민주적인 헌법을 만들겠다며 헌법 초안 작성에만 정신을 쏟고 있었다. 신문들도 매일 개헌안 관련 기사들만 대서특필했다. 민주주의의 길이 위태롭다고 판단하고 있는 김대중으로서는 아무도 자신의 말에 귀를 기울여주지 않는 현실이 안타깝기 짝이 없었지만 뾰족한 대응책을 마련할 길이 없었다.

해가 바뀐 1980년 1월 말, 김대중은 뜻밖의 연락을 받았다. 전두환이 만나고 싶어 한다는 것이었다. 김대중은 잘됐다는 생각이 들었다. 전두환을 만나 얼굴을 맞대고 이야기를 나누다 보면 그의 의중을 보다 정확하게 판단할 수 있으리라 생각되었기 때문이다.

김대중은 약속 장소로 나갔다. 중앙청 앞 골목에 있는 안전가옥이었다. 전두환은 나오지 않고, 그 밑의 2인자급인 두 사람이 그를 맞았다.

"우리에게 협력해 주십시오. 얌전하게 계시겠다고 각서만 쓰시면 복권시켜 드리겠습니다."

"복권시켜 주지 않아도 상관없소. 당신네들이 내 공민권을 아직 제한하고 있는 것은 부당한 일 아니오? 부당한 일을 되돌리기 위해 내가 따로 각서를 쓴단 말이오? 그런 각서 쓸 생각 없으니 당신들 마음대로 하시오."

김대중은 그들의 요구를 한마디로 거절하고 그곳을 빠져나왔다. 그들의 태도로 보아 좀처럼 복권이 이루어지지 않을 것 같아 마음이 우울했지만, 신념을 지켜 그들의 부당한 요구를 받아들이지 않았다는 데서 위안을 찾을 수 있었다.

그로부터 한 달이 지난 3월 1일, 뜻밖에 복권이 이루어졌다. 김대중은 참으로 오래간만에 사람들 앞에 섰다. 3월 26일 YWCA 수요 강좌에 강사로 초청받은 것이다. 무려 9년 만에 많은 사람들 앞에서 강연을 하게 된 것이었다. 그날은 마침 70년 전 안중근 의사가 뤼순旅順의 일본인 감옥에서 형장의 이슬로 사라진 날이기도 했다.

나는 내 일생의 교훈으로써 '어떤 경우에도 국민을 배반하지 말고 어떠한 고난이 있더라도 국민의 편에 서라' 는 것, 이것이 내 인생과 정치의 신조입니다. 우리 집 가훈이 세 가지 있는데 그중 첫째가 '하느님과 국민에게 충실하라' 입니다. 둘째는 '자기 운명은 자기가 개척해야 된다' 이며, 셋째는 '절대로 부자가 되지 마라' 는 것입니다.

나는 내 자식들에게 말하기를 '돈과 하느님은 같이 섬길 수가 없고, 돈과 양심은 같이 섬길 수가 없다. 돈은 먹고사는 데 부족하지 않으면 되는 것이다. 그 이상의 부를 가지게 되면 부의 노예가 되고, 친구들로부터 멀어지고, 국민으로부터 격리되고, 그리고 교만해지고 타락한다. 따라서 만일 너희들이 경제계에 나가서 사장이 되고 회장이 되는 등등 경영자가 되는 것은 좋지만, 만일 부자가 되면 아버지와 너희들과는 관계가 끊어진다' 는 것을 얘기하고 있습니다.

여러분! 나는 국민에게 충성을 다하는 것을 정치인으로서 최대의 기본으로 생각하고 있습니다. 그러므로 무엇이 된다는 것은 중요한 일이 아닙니다. 이완용은 영의정이 되었습니다. 나라를 팔아먹어 얻은 권세입니다. 안중근 의사는 서른 살 꽃다운 나이에 나라를 위해 목숨을 바쳤습니다. 그러나 누구도 이완용이 위대하고 현명했으며, 안중근 선생이 실패했고 어리석은 사람이라고 말하지 않습니다. 의로운 일에는 행동하는 양심이 있어야 합니다.

나는 무엇이 되기 위해서 사는 것이 아니라 국민과 내 양심에 충실하기 위해서 사는 사람입니다. 내 양심에 충실하다가 기회가 있어서 대통령을 맡게 되면 봉사할 것입니다. 그러나 국민과 양심을 버리고 '무슨 수단을 쓰든지 대통령이 되겠다' 는 것, 이것은 내가 죽으면 죽었지, 추구할 수 없는 길입니다.

…….

여러분! 나는 아직도 여기서 공개할 수 없는 많은 치욕과 고통과 괴로움을 그동안 당했지만, 그러나 믿습니다. 나를 바다에 던져 상어 밥이 되게 하려고 할 때, '내가 여기서 죽더라도 국민은 나를 잊지 않을 것이다' 라고 생각했으며, 내가 법정에 섰을 때도 판사를 향해, 검사를 향해, '당신들이 나를 지금 재판하지만 역사와 국민은 내 편' 이라는 것을 얘기했습니다.

국민이 있는 곳에, 여러분이 있는 곳에, 김대중이가 있습니다. 국민이 필요로 하는 데 김대중이는 있습니다. 김대중이는 천 번 죽어도 국민을 떠나지 않습니다. 만일 여러분이 필요로 하면, 우리 민족의 혼이 내게 명령하면, 나는 다시 열 번 납치당하는 한이 있더라도, 백 번 감옥에 가는 한이 있더라도, 천 번 연금당하는 한이 있더라도 나는 여러분에게 봉사할 것을 다짐합니다!

김대중의 강연을 듣는 YWCA 강당 안의 열기는 뜨거웠다. 강연이 진행된 한 시간 삼십 분 동안 청중들은 열렬한 박수로 호응하며 "옳소!"를 연발했다.

한편 전두환은 권력을 향한 야심을 더욱 노골화했다. 이미 사실상 대한민국의 최고 권력자가 되어 있던 그는 4월 14일, 공석 중이던 중앙정보부장 서리 자리까지 차지했다.

김대중은 큰일이라는 생각이 들었다. 곧 기자 회견을 열어 '이번 중앙정보부장 서리 겸직은 우려할 만한 일이다. 민주주의의 앞날이 걱정된다'고 경고했다. 그의 경고는 신문 한 구석에 조그맣게 실렸고, 그의 경고에 진지하게 관심을 갖는 사람은 없었다. 공화당은 물론 신민당까지 "겸직해도 걱정할 것 없다"는 분위기였다.

"민주주의는 반드시 실현된다. 그렇게 되면 정권은 우리에게 온다. 그것이 역사의 순리이다. 민주주의의 실현을 의심하는 인간은 소신 없는 자들이다."

신민당 내부에서 이렇게 김대중을 비난하는 목소리까지 흘러나왔다.

정치인들이 민주주의의 과실을 따 먹겠다는 달콤한 환상에 빠져 있는 동안 사태는 점점 걱정스러운 쪽으로 흘러갔다. 무엇보다 학생들의 움직임이 심상치 않았다. 처음엔 순수한 학내 문제에 머물었던 대학생들의 시위가 5월 들어 점점 반정부적인 성격을 띠기 시작했다. 그것은 군부 세력에게 혼란을 구실로 정권을 찬탈하는 기회를 제공해 줄 수 있는 일이었다. 김대중은 학생들에게 자제해 줄 것을 호소하고, 경고하기도 했다. 그러나 반정부 시위는 날이 갈수록 점점 확산되었다.

5월 14일, 클라이스턴 미국 대사가 김대중을 찾아왔다. 그는 사태 수습에 적극 나서줄 것을 김대중에게 부탁했다. 김대중도 사태가 점점 급박해짐을 느끼고 있었다. 그는 즉각 기자회견을 자청해서 학생들의 자제를 간절하게 호소했다. 그의 기자 회견 내용은 이번에도 신문 한구석에 조그맣게 처리되었다. 언론을 완전히 장악하고 있던 군부 세력은 그의 기자 회견 내용이 크게 보도되어 학생들이 시위를 자제하기보다 시위가 더욱 확산되어 사태에 개입할 수 있는 구실을 찾고자 했던 것이다.

다행히 학원 사태가 진정 기미를 보이기 시작했다. 5월 16일 학생들은 학교로 돌아가 학업에 전념하겠다고 발표했다. 그러나 군부 세력의 권력욕 앞에 그런 발표는 별 의미가 없는 것이 되고 말았다. 5월 17일, 군부의 영향력 아래에 있는 정부는 긴급 국무회의를 열어, 현재 실시 중인 계엄령을 전국으로 확대할 것을 결의했다. 그리고 민주화 운동에 앞장섰던 인사들을 일제히 검거하기 시작했다.

그날 밤 9시쯤, 김대중의 집에도 군인들이 몰려왔다.

"문 열어, 문!"

그들은 총 개머리판으로 거칠게 문을 두들기며 소리쳤다. 그리고 얼른 문을 열어주지 않자 문을 부수고 앞마당으로 우르르 들어섰다.

"아무도 저항하지 마라."

김대중은 군인들에게 맞서려는 경호원들을 큰소리로 제지했다.

"가자!"

군인들은 대검이 꽂힌 총을 김대중의 가슴에 들이댔다.

"무슨 일이오?"

"여러 말 말고 가자면 가!"

군인들의 태도는 살벌하기 짝이 없었다.

"알았소. 가자면 갈 테니 총은 치우시오."

김대중이 그들에게 끌려간 곳은 남산에 있는 중앙정보부 지하실이었다.

그날 체포된 사람은 26명, 모두 민주화 운동에 앞장서 온 인사들이었다. 긴 겨울 끝에 맞았던 서울의 봄은 그렇게 짧게 끝나고 말았다.

다시 죽음의 문턱에서

5월 18일 광주 전남대학교 앞……. 휴교령이 내려져 계엄군이 지키고 있는 교문 앞으로 학생들이 모여들었다. 학교 안으로 들어가려는 학생들을 계엄군이 막자, 학생들은 계엄령과 휴교령 해제를 외치며 시위를 벌이기 시작했다. 계엄군은 학생들에게 곤봉을 휘둘렀고, 학생들은 피를 흘리며 쓰러졌다. 이를 본 시민들이 가세해서 항의 시위를 벌였다.

5월 19일, 다시 시위가 시작되었다. 시위대는 금남로로 모여들었고 그들은 계엄령 철폐, 전두환 퇴진, 김대중 석방 등을 요구하며 시위를 벌였다. 계엄군은 장갑차를 앞세우고, 대검이 착검된 총을 휘두르며 시위대를 진압했다. 계엄군의 강경 진압에 많은 부상자가 발생했고, 사태는 건잡을 수 없이 악화되었다.

5월 20일, 시위대는 20만 명으로 불어났다. 그들은 군경 저지선을 뚫고 시청건물을 장악했다. 계엄군은 시외 전화를 차단했고, 광주는 고립되었다. 밤 11시경, 계엄군의 발포로 광주역 광장에서 시민 2명이 사망했다.

21일, 실탄을 지급받은 공수부대원들이 시위대와 대치하는 제1선에 배치되었고 오후 한 시, 도청 스피커에서 애국가가 울려 퍼지면서 공수부대의 사격이 시작되었다.

계엄군의 발포로 수십 명이 사망하자 분노한 시민들은 경찰서를 습격하고, 계엄군으로부터 탈취한 소총으로 무장하기 시작했다. 그들은 스스로를 시민군이라고 부르며 계엄군과 맞섰다.

5월 22일, 시민군은 계엄군을 몰아내고 도청을 장악했다. 도청 옥상에는 태극기가 검은 리본과 함께 반기로 게양되고, 시민수습대책위원회 대표 8명이 상무대 계엄분소를 방문해서 7개항의 수습안을 전달했다. 계엄군의 발포로 사망한 시신들도 도청 광장으로 옮겨져 안치되었다.

다음 날부터 시민들은 어질러진 거리를 청소하고, 학생수습위원회가 자체 특공대를 조직, 총기 회수에 나서는 등 질서 회복을 위한 노력을 시작했다. 그동안 문을 닫았던 시장과 상점들도 다시 문을 열었다. 그리고 시민수습대책위원회는 계엄군과 협상을 통해 사태를 수습하려 했다.

계엄군은 협상을 거부하고 27일 새벽, 탱크를 앞세우고 시내로 진입했다. 그들은 도청 주변을 완전히 포위하고 도청 안에 있던 시민군에게 총공세를 펴 도청을 비롯한 시내 전 지역을 장악했다. 사망 240명, 행방불명 409명, 다친 사람 5,019명 등 많은 희생자를 낸 광주 민주화 운동은 그렇게 막을 내렸다.

17일 저녁 군인들에게 끌려가 남산 중앙정보부 지하실에 구금되어 있던 김대중은 광주에서 벌어진 일들을 까맣게 모르고 있었다.

6월 28일, 합동수사본부의 실력자인 남자가 김대중을 찾아왔다. 지난 1월 말 중앙청 앞 골목에 있는 안전가옥에서 만난 일이 있었던 바로 그 자였다.

"우리에게 협조하시오. 협조만 하면 대통령직 외에 어떤 직책이라도 제공하겠습니다. 만일 협조할 수 없다면 우리는 당신을 살려둘 수 없습니다. 곧 재판이 열리겠지만 그것은 형식에 지나지 않습니다."

"……."

김대중은 바로 대답을 할 수 없었다. 물론 죽고 싶지는 않았다. 그렇다고 덥석 그들의 요구를 받아들일 수도 없었다. 한 달 보름 가까이 구금되어 있으면서 매일, 거의 24시간 취조를 받았기 때문에 판단을 제대로 할 수 있을 만큼 의식이 또렷한 상태가 아니었다.

"갑작스런 이야기라 결정하기 어려우신 모양이군요. 사흘 뒤에 다시 오겠습니다. 그동안 잘 생각해서 결정해 주시기 바랍니다."

김대중이 잠자코 있자 사내가 다시 말했다. 그의 태도는 매우 정중했지만, 말투는 칼로 자르듯 단호했다.

그가 돌아간 후 직원이 지난 신문들을 한 아름 갖다 주었다. 바깥세상 소식에 목말라 있던 김대중은 반갑게 신문을 펼쳐들었다. 그는 비로소 광주에서 어떤 엄청난 일이 있었는지 알 수 있었다. 사건이 있었던 날로부터 무려 42일이나 지난 후였다. 잠을 재우지 않은 가혹한 취조로 심신이 모두 지쳐 있던 그는, 계엄군의 무자비한 진압에 사망자 수가 100명이 넘는다는 신문 기사에 졸도하고 말았다.

김대중은 그날 밤 많은 것을 생각했다. 가족과 호주나 그밖에 어디 외국으로 나가 조용히 살까 하는 생각도 들었다. 그러나 이내 고개를 흔들었다. 자신을 지지해 주던 많은 젊은 학생들, 더욱이나 광주에서 '김대중의 석방' 을 외치다 죽어간 사람들을 생각하면 절대 군부 독재에 협력할 수 없었다.

사흘 뒤 사내가 다시 찾아왔다.

"당신들에게 협력할 수 없소. '죽는 게 사는 것' 이라 결심했으니 죽이시오."

김대중은 단호하게 말했다. 사내는 한순간 당황한 듯했다.

그는 다시 김대중을 설득하려 했다.

"더 이상 나에게서 다른 말 듣기를 기대하지 마시오."

"한 번 더 오겠소. 그동안 잘 생각해 보시오. 쓸데없는 고집으로 목숨을 가볍게 버릴 일은 아니잖소."

이틀 후 사내는 다시 왔다. 그러나 이미 결심을 굳히고 있는 김대중에게서 다른 말을 들을 수는 없었다.

김대중의 협력을 얻어내는 데 실패한 신군부 세력은 합법을 가장해 그를 죽이려는 음모에 돌입했다. 재판에서 사형 언도를 받게 해 죽이려는 것이었다. 검찰은 그를 '내란 음모죄'와 '반국가 단체 수괴죄'로 옭아매려고 했다.

내란 음모죄는 김대중이 정동년이라는 전남대학교 복학생에게 돈을 주어 광주 폭동을 일으키도록 뒤에서 조정했다는 죄목이었다. 42일이나 지나 광주에서 무슨 일이 있었는지 알게 된 김대중으로서는 참으로 어처구니없는 죄목이었지만 그들은 정동년을 혹독하게 고문해서 자신들이 원하는 대로 사건을 조작했다.

그들이 김대중을 옭아매는 데 더욱 공을 들인 것은 '반국가 단체 수괴죄'였다. '내란 음모죄'는 최고형이 무기징역이지만, '반국가 단체 수괴죄'는 최고형으로 사형의 언도가 가능했기 때문이다. 그들은 김대중이 일본과 미국에서 활동할 때 조직했던 '한국 민주회복 통일촉진 국민회의'의 활동이 반국가 단체 수괴죄에 해당된다는 죄상을 만들어냈다.

재판에서 사형이 선고되었다는 것은 이 책의 첫머리 '역사의 두 장면' 에서 이미 이야기한 바 있다. 재판은 그를 죽이기 위한 요식 행위에 불과했던 것이다.

한편 8월 6일 최규하 대통령이 돌연 사임하고, 다음 날 소집된 통일주체국민회의에서 전두환이 새 대통령으로 선출되었다. 전두환은 마침내 그가 원했던 권력의 최고 자리에 오르게 된 것이다. 그리고 김대중의 운명을 결정짓게 되는 순간도 다가오고 있었다.

1980년 9월 17일의 고등군법회의에서 사형이 선고된 후 김대중은 대법원에 상고했으나, 1980년 12월 4일 대법원은 그의 상고를 기각하고 사형을 확정지었다. 그는 면회온 아내 이희호로부터 그 소식을 전해 들었다.

"모든 것을 하느님께 맡기고 있어요."

이희호는 울먹이며 말했다. 몇백 몇천 번 각오한 일이어서 김대중은 비교적 마음이 담담할 수 있었다. 이희호는 함께 면회 온 큰며느리, 둘째 아들 홍업, 셋째 아들 홍걸과 차디찬 시멘트 바닥에 무릎을 꿇고 기도하기 시작했다.

"하느님의 뜻대로 하시옵소서. 우리를 괴롭히는 사람들도 사랑해 주시고, 축복해 주시옵소서. 어느 누구도 정치적인 이유로 억울하게 생명을 잃는 일이 없게 해 주시옵고, 고난받는 우리 형제들의 희생이 헛되지 않게 하옵소서. 그들에게 믿음과 소망을 허락하옵시고, 이 땅에 하느님의 정의가 실현되는 민주주의가 이루어지도록 허락해 주시옵소서. 이 모든 기도가 하늘의 보좌를 움직여 더 이상의 불행이 없도록 해 주시옵소서. 이 모든 일을 하느님의 뜻대로 되도록 하소서."

기도하는 그들의 눈에서는 눈물이 줄줄 흘러내렸고, 그들은 눈물을 닦을 생각도 하지 않은 채 간절히 기도했다. 김대중의 눈에서도 눈물이 흘러내렸다. 그는 뜨거운 감동을 느끼며 존경의 눈으로 아내를 바라보지 않을 수 없었다. 그녀는 단순히 남편의 생명을 위해서가 아니라 그에게 엄청난 고통을 준 사람들을 위해서도, 또 함께 고난받고 있는 형제들과 이 땅의 민주주의를 위해 기도하고 있는 것이었다. 아내가 그처럼 존경스러운 적은 일찍이 없었다.

"이 모든 일을 하느님의 뜻대로 되도록 하소서. 하느님의 뜻대로 되도록……."

이희호는 기도 끝의 이 말을 몇 번이나 되풀이했다.

김대중에 대한 대법원의 사형 확정은 세계의 여론을 들끓게 했다. 그것은 한국 정부로서 감당하기 힘든 압력이었다. 전두환으로서는 무슨 결단을 내리지 않을 수 없었다. 그는 임시국무회의를 소집해 김대중의 형을 사형에서 무기징역으로 감형했다. 김대중이 다섯 번째로 죽음의 늪에서 헤어 나오는

청주교도소에 수감된 당시의 모습.

김대중은 수감 중에도 다양한 방면의 독서를 하며 집필도 했다.

순간이었다.

무기징역으로 감형된 김대중은 청주교도소로 이감되었다. 독방이었다. 독방 주변을 벽돌로 막고, 양쪽 옆방도 일부러 비워 놓아 아무도 접근하지 못하도록 그를 철저하게 격리시켰다.

김대중은 그곳에서 책을 읽었다. 신학, 철학, 역사, 정치, 그리고 소설까지……. 하루 열 시간 이상 책을 읽으며 지냈다. 독서는 교도소 생활에서 가장 큰 즐거움이 되었다. 좋은 책을 읽을 때마다 그는 감격했고 만일 교도소에 들어오지 않았다면 이런 진리를 알 수 없었을 텐데, 하는 생각에 감사하는 마음이 들기까지 했다. 그리고 인간에게 완벽한 불행은 없다는 깨달음도 얻을 수 있었다.

교도소 생활에서 김대중은 또 하나의 즐거움을 찾을 수 있었다. 화단을 손질하는 일이었다. 수감자에게는 점심 식사 후 한 시간의 운동 시간이 주어지는데, 그는 그 시간을 이용해서 화단의 꽃을 가꿨다.

독방 생활의 외로움에 젖어 있는 김대중은 꽃들에게 말을 걸기도 했다. 신기한 것은 꽃들도 그의 마음을 알고, 그의 말에 화답하는 듯한 느낌이었다. 그가 정성 들여 가꾼 꽃들은 늦가을이 돼도 쉽게 지지 않고 다른 화단의 꽃들보다 한 달 이상 더 오래 피어있어 주었다.

1982년 3월 2일, 김대중은 무기에서 20년형으로 감형되었다. 전두환이 새 헌법을 만들어 실시한 선거인단에 의한 간접 선거에서 압도적인 지지로 대통령에 당선되자, 제12대 대통령에 취임하면서 감형 조치를 한 것이었다. 그러나 김대중의 독방 생활은 여전했고, 교도소의 처우도 전반적으로 지독할 만큼 나빴다. 그러한 환경은 김대중의 건강을 조금씩 좀먹어 들어갔고, 오랜 독방 생활로 스트레스도 쌓여 갔다. 또 오랜 지병이었던 고관절염이 악화되고, 스트레스로 인한 귀울림 현상까지 나타나 많은 육체적인 고통을 겪어야 했다.

그해도 저물어가던 12월 10일경, 담당관이 김대중을 찾아와 미국으로 치료받으러 갈 생각이 없느냐고 물었다. 반가운 이야기가 아닐 수 없었다. 그러나 김대중은 곧 그의 제의를 거절했다. 자신 때문에 아직도 많은 사람들이 갇혀 있는데 혼자 빠져나갈 수는 없다는 이유를 내세워서였다.

그 뒤 아내 이희호와 국가안전기획부장 노신영 사이에 협상이 이루어졌다. 김대중이 미국으로 출국하는 것과 동시에 다른 수감자들도 풀어주겠다는 조건이었다.

12월 16일, 김대중은 서울대병원으로 이송되었다. 그리고 23일 갑자기 가족과 함께 미국으로 출국하라는 통보를 받는다.

그의 출국은 007작전을 방불케 했다. 관계자로부터 '시간됐으니 나가자'는 말을 듣고 병실을 나서니, 복도는 쥐 죽은 듯이 조용하고 양쪽으로 사복 경찰들이 사열하듯 늘어서 있었다. 김대중과 가족들은 관계자가 이끄는 대로 걸어갔고, 화물 운반용 대형 엘리베이터에 태워졌다. 엘리베이터가 내려간 곳은 병원 뒤쪽으로, 앰뷸런스가 대기하고 있었다.

앰뷸런스는 그들을 태우고 달리기 시작했다. 창이 없는 앰뷸런스 안이어서 어디로 가고 있는 것인지 알 수 없었다.

앰뷸런스가 멈춘 곳은 노스웨스트 항공기 트랩 앞이었다. 김대중과 가족이 비행기에 오르자, 관계자가 여권과 항공권을 나누어 주었다. 그리고 청주교도소 부소장이 기내로 들어와 형 집행을 정지한다는 통고를 했다. 관계자의 요구로 정치 행위를 하지 않겠다는 조건에는 이미 동의한 바 있었다.

비행기는 워싱턴 내셔널 국제공항에 도착했다. 300여 명의 환영객이 〈환영 김대중〉이라는 플래카드를 걸어 놓고 그를 기다리고 있었다. 그들은 "김대중"을 연호하며 그를 맞았다. 기자들도 몰려왔다. 김대중은 기자 회견을 갖고 "한국인과 세계의 많은 사람들이 자유와 인권의 회복을 위해 애써준데 대해 감사하고, 치료가 끝나는 대로 조국 한국으로 돌아가 다시 싸울 생각"이라는 성명을 발표했다.

다음 날 한국에서는 김대중과 관련된 사건으로 감옥에 갇혀 있던 사람들이 모두 풀려나왔다. 김대중으로서는 더없이 반가운 소식이었다.

5

고난의 언덕에 핀 꽃

도전과 좌절

김대중 가족은 버지니아주 알렉산드리아에 있는 월세 아파트에 정착했다. 그리고 김대중은 한국의 민주화를 위한 나름의 활동을 시작했다. 그는 부탁이 있는 곳이면 어디든 달려가 한국의 절망적인 상황을 미국인들과 재미동포, 미국 정부와 의회 관계자들에게 알리기 위한 연설을 했다.

연설은 어디서나 대성공이었다. 미국인들은 김대중을 인권 투쟁의 영웅으로 대우했고, 한국의 민주화 가능성과 독재정권에 대한 지지 중지를 호소하는 그의 강연에 깊은 공감을 나타냈다. 그러나 혼자 여기저기 찾아다니며 하는 강연만으로는 조국의 현실을 올바르게 알리는 데 한계가 있었다. 보다 효과적인 방법을 찾던 김대중은 '한국인권문제연구소'를 창설했다. 미국에 거주하는 한국인들과 보다 조직적으로 조국의 민주화를 위한 운동을 일으키기 위해서였다.

한국에서 김영삼 전 신민당 총재가 단식 투쟁을 시작했다는 소식이 전해졌다. 광주항쟁 3주년을 하루 앞둔 1983년 5월 17일이었다. 김영삼은 정치 활동을 금지당한 채 자택에 연금되어 있었다. 그런 상황에서 민주회복에 대한 한국 국민의 강한 열망을 드러내기 위해 무기한 단식에 돌입한 것이다.

김대중은 김영삼의 단식에 깊은 감동과 동지적 연대감을 느꼈다. 전두환 정권에 무리하게 침묵을 강요당해 온 야당 정치지도자가 처음으로 그에 맞서는 투쟁을 시작한 것이다. 그는 김영삼의 투쟁을 지원하기 위해 6월 9일자 〈뉴욕 타임즈〉에 글을 기고하고, 워싱턴과 뉴욕 등지의 재미 한국인들과 가두시위를 벌였다. 그는 그 자리에서 서울 김영삼의 집 전화를 현장의 마이크와 연결해 격려를 보내기도 했다.

김영삼은 김대중에게 오랜 정치적 라이벌이다. 그러나 조국의 민주화를 위해 함께 투쟁한다는 점에서 짙은 동지적 연대감을 느끼며, 그의 결단과 행동이 더없이 고맙고 자랑스러웠다. 김영삼의 단식 투쟁이 계기가 되어 민주화추진협의회(약칭 민추협)가 탄생하고, 김대중과 김영삼은 공동의장에 추대되었다.

김대중은 미국 생활 6개월이 지날 무렵부터 하버드대학 국제문제연구소에서 객원 연구원으로 연구 생활을 시작했다. 그곳에는 같은 연구 코스를 막 마친 필리핀 야당 지도자 베니

그노 아키노 상원의원 부부가 있었다. 아키노 의원과 김대중은 똑같이 먼 이국에서 조국의 민주화를 위해 노력하고 있다는 동지적 입장이어서 가까운 사이가 되었다. 그들은 자주 만나 서로 의견을 나누고 격려하며, 반드시 조국의 민주화를 이룩할 것을 다짐했다.

"우리 모임을 하나 만들면 어떨까요?"

어느 날 아키노가 말했다.

"좋은 생각입니다. 아시아의 민주주의를 위한 공동의 조직체를 하나 만들어 같이 일합시다."

그들은 각자 준비를 한 후 다시 의견을 교환하기로 약속했다. 그런데 두 달쯤 지난 8월 21일, 아키노는 갑자기 미국 망명 생활을 끝내고 귀국하겠다고 했다.

그는 귀국하기 전 자신이 오래 사용하던 타이프라이터를 김대중에게 선물했다. 그리고 마닐라행 비행기에 올랐다. 마닐라 공항에 도착한 그는 정부기관 요원에게 비행기 밖으로 끌려 나와 사살당하고 만다. 실로 충격적인 사건이 아닐 수 없었다. 미국 곳곳에서 필리핀 사람들의 항의 집회가 열렸다.

김대중은 그곳에 초청받아 연설했다. 아키노를 위해 조금이라도 공헌한다는 사실이 기뻤다. 그리고 그의 죽음이 남의 일 같지 않았다. 그 자신도 언젠가는 목숨을 걸고 한국으로 돌아가야 할 입장이었다.

1984년 12월, 김대중은 전두환 대통령에게 귀국 의사를 밝히는 서한을 발송했다. 한국 정부는 귀국하면 신변을 보장할 수 없다고 통보했고, 미국 국무성도 정부의 이름으로 귀국을 미뤄달라고 요청했다.

그 무렵의 어느 날 김대중은 〈뉴욕 타임즈〉 기자로부터 전화를 받았다.

"오늘 청와대 정무수석이, 만약 당신이 귀국하면 투옥시키겠다고 했습니다. 그래도 귀국하시겠습니까?"

"물론입니다. 내 예정에 변경은 없습니다."

김대중의 말은 즉각 〈뉴욕 타임즈〉에 실렸고, 많은 언론들이 '김대중을 제2의 아키노로 만들지 말라' 는 보도를 쏟아냈다. 한국 정부는 여전히 김대중의 안전 귀국을 보장하지 않았다.

1985년 2월 7일, 김대중은 목숨을 건 한국행을 단행한다. 형집행정지로 총총히 고국을 떠나온 지 2년 47일만의 귀국이었다. 그의 귀국에는 스무 명이 넘는 사람들이 동행했다. 두 명의 연방 하원의원, 국무성 전 인권담당 차관보, 퇴역 해군 대장, 아메리칸 익스프레스 사장, 유명한 여성 가수, 목사, 여러 명의 인권 운동가 등 모두 김대중이 '제2의 아키노' 가 되지 않도록 신변을 지켜주기 위해 자발적으로 나선 사람들이었다.

김대중을 태운 노스웨스트 오리엔트 항공 191기가 도쿄를

미국 망명을 마치고 귀국하는 비행기 안에서 외신기자들과 인터뷰를 하는 김대중.
신변을 보장할 수 없다는 정부의 통보에도 김대중은 목숨을 건 한국행을 단행한다.

거쳐 김포공항에 도착한 것은 8일 정오 무렵이었다. 2월의 서울 날씨는 차가웠다. 추운 날씨에도 불구하고 공항에는 30만이 넘는 인파가 〈환영 김대중 선생 귀국〉이라는 플래카드를 들고 '김대중'을 외치며 그를 기다리고 있었다. 그러나 김대중은 환영 인파 앞에 나설 수 없었다. 그가 비행기에서 내리자 사복 경찰들이 그를 둘러쌌고, 그와 동행했던 사람들을 격리시켰다. 김대중과 행동을 함께 하려던 사람들은 사복 경찰에 마구 떠밀리고 쓰러졌다. 그중에는 물론 미 하원의원도 있고, 국무성 전 인권담당 차관보, 퇴역 해군 대장도 있었다. 한동안의 소란 끝에 김대중을 동행했던 사람들로부터 격리시킨 사복 경찰은 그를 마이크로버스에 태우고 동교동으로 직행했다.

동교동의 김대중 집 주변에는 마치 가설무대처럼 높은 장막이 처져 있었다. 밖에서 집 쪽을 바라보지 못하게 하기 위해서였다. 또 집 주변에 열두 개의 경찰 초소가 들어섰고, 골목 입구에 '이 지역은 당분간 안전 유지를 위해 출입을 제한하니 협조 바란다'는, 한글과 영어로 된 마포경찰서장 이름의 표지판이 세워졌다.

"연금하는 거요?"

김대중은 찾아온 마포경찰서 정보과장에게 물었다.

"그렇습니다. 선생님은 형집행정지 상태이고, 정치활동이 금지되어 있습니다. 신변 안전을 위해 외출과 외부인의 출입을 통제하라는 것이 상부의 지시입니다."

김대중은 그렇게 귀국하자마자 다시 연금당하는 신세가 되었다.

김대중이 서둘러 귀국한 것은 2월 12일 국회의원 선거가 예정되어 있었기 때문이다. 그는 미국에 있을 때 김영삼과 상의해서 신한민주당을 창당해 두고 있었다. 군사정권 밑에 있는 기존의 야당들이 야당 구실을 제대로 못하고, 준 여당이나 다름없었기 때문이다.

귀국하자마자 가택 연금 상태가 되었지만, 총선거를 불과 사흘 앞두고 그가 극적으로 귀국했다는 사실은 엄청난 파급 효과를 일으켰다. 그의 귀국은 신한민주당 후보들에게 큰 격려와 힘이 되었고, 그는 선거전에서 돌풍의 중심으로 떠올랐다. 그 결과 신한민주당은 창당한 지 얼마 안 됐음에도 제1야당으로 화려하게 등장했다.

총선 1주년을 맞은 1986년 2월, 신한민주당은 개헌을 요구하는 백만인 서명운동을 시작했다. 개헌요구의 핵심은 대통령 직접 선거였다. 서명운동은 전국적으로 들불처럼 번져나갔다. 박정희가 유신헌법으로 대통령을 직접 뽑을 수 있는 권리를 빼앗아간 이후, 대통령을 직접 뽑겠다는 국민들의 열망은 그만큼 강렬했던 것이다.

전두환 정권은 온갖 수단을 동원해서 백만인 서명운동을 막으려고 했다. 그러나 국민들의 뜨거운 열망 앞에서 전두환은 한 걸음 물러서지 않을 수 없었다. 4월 30일, 전두환은 여야가 합의하면 헌법을 고칠 용의가 있다고 발표했다.

해가 바뀌어 1987년이 밝았다. 12월에 대통령 선거가 있는 해였다.

1월 14일, 서울대학생 박종철이 서울 남영동 치안본부 대공분실에서 고문으로 사망하는 사건이 발생했다. 경찰은 책상을 '탁' 치니 '억' 하고 쓰러졌다고 고문 사실을 은폐하려 했다. 그러나 박종철이 물고문으로 사망한 정황 증거가 속속 드러나면서 고문 정권을 규탄하는 목소리와 함께 반독재 민주화 투쟁은 더욱 격렬하게 전개되었다.

전두환 정권은 국민들의 민주화 열망을 무시한 채 4월 13일, 개헌 논의를 금지시키고 현행 헌법으로 정부를 이양하겠다는 이른바 '호헌조치'를 발표했다. 그리고 김영삼이 주도하는 통일민주당 창당을 방해하는 등 정치적 반대세력과 민주화를 열망하는 세력을 더욱 탄압하기 시작했다. 이에 학계, 문화계, 종교계, 노동자와 농민 단체 등 각계각층의 반대성명과 민주시국선언이 잇따랐다. 그리고 거리에서는 격렬한 시위가 벌어졌다.

5월 27일 김대중과 김영삼은 박형규, 김승훈, 계훈제, 이돈

명, 송월주 등 재야 민주 세력을 대표하는 사람들과 함께 '민주헌법쟁취 국민운동본부' 를 만들었다. 제도권 야당과 재야 민주세력의 연합체였다. 그들은 6월 10일 박종철고문살인규탄 및 호헌철폐국민대회를 전국에서 동시다발적으로 개최했다. 그날은 집권당인 민주정의당이 노태우 대표위원을 대통령 후보로 지명하기 위한 전당대회가 열리는 날이기도 했다.

그날 새벽, 정부는 김대중을 비롯한 재야 민주세력의 중심인물 7백여 명을 가택 연금했다. 그리고 '6·10 국민대회 출정식' 을 마치고 교문에서 경찰과 대치하던 연세대학생 이한열이 머리에 최루탄을 맞고 숨지는 사태가 발생했다. 국민들의 분노는 더욱 들끓었고, 직선제 개헌과 민주화를 요구하는 시위와 농성이 이어졌다. 15일까지 계속된 명동성당에서의 농성 투쟁, 18일의 최루탄 추방 대회, 그리고 26일의 '민주헌법 쟁취를 위한 국민평화대행진' 은 반정부 시위의 절정을 이루었다. 26일 시위에는 33개 도시와 4개 군 · 읍 지역 등 전국에서 100만 명 이상이 시위에 참여했을 정도였다.

대규모의 국민저항운동이 전국적으로 확산되자 전두환 정권은 대책을 강구하지 않을 수 없었다. 25일에는 김대중 등에 대한 가택 연금이 해제되고, 29일에는 민주정의당 대표위원 노태우의 이른바 〈6·29 선언〉이라는 것이 발표되었다. 여야 합의에 의한 대통령 직선제 개헌, 평화적 정부이양의 실현,

동교동 자택을 방문한 김영삼과 민주화를 위한 공동투쟁을 다짐하는 기자회견에서.

자유로운 출마와 공정한 경쟁을 보장하는 대통령선거법 개정, 김대중의 사면 복권 등이 중요 내용이었다.

혼미를 거듭하던 정국은 비로소 수습의 실마리를 찾게 되었다. 7월 9일에는 김대중과 '김대중 내란음모 사건' 관련자들이 사면 복권되고, 정국은 12월의 대통령 선거를 향해 숨가쁘게 움직이기 시작했다.

9월 8일, 김대중은 광주를 방문한다. 1971년 대통령 선거 이후 16년 만에 찾는 광주였다. 광주역은 사람들로 물결을 이루었고, 많은 사람들이 5·18 민주항쟁 희생자들이 잠들고 있는 망월동 묘역으로 향하는 그를 뒤따랐다. 넘쳐나는 거리의 인파로 광주역에서 20분 거리인 망월동까지 가는 데 한 시간이 더 걸렸다.

"존경하고 사랑하는 영령들이시여! 한없이 사모하는 영령들이시여! 김대중이 여기 왔습니다. 꼭 죽게 되었던 제가 하느님과 여러분의 가호로 죽지 않고 살아서 여기 망월동 여러분 앞에 섰습니다."

묘역에 헌화하고 추모사를 하던 김대중은 끝내 울음을 터뜨렸고, 모여 있던 군중들도 함께 울었다.

한편 김영삼은 10월 17일, 부산을 찾아 '군정종식 부산국민대회'를 연다. 대회 장소인 수영만 매립지는 사람의 물결을 이루었고, "김영삼"을 연호하는 함성으로 메아리쳤다. 일본 아사히 신문은 그날 참석한 군중 수를 170만 명이라고 보도했다.

위의 두 장면은 상당한 상징적 의미를 갖는 것이었다. 민주화 투쟁을 하는 동안 김대중과 김영삼은 동지적 유대감을 가지고 있었다. 그러한 신뢰를 바탕으로 두 사람은 〈6·29 선언〉을 이끌어 내는 데 중심적인 역할을 했다. 그러나 이제 12월의 대통령 선거를 앞두고 각기 제 갈 길을 가기 시작한 것이다.

11월 17일 대통령 선거법이 개정되고, 12월 16일 국민의 손으로 직접 대통령을 뽑는 선거가 16년 만에 실시되었다. 국민들은 오랜 군사독재를 끝내고 새로운 시대가 열릴 것이라는 희망에 부풀었다. 대통령 직선제가 국민들 스스로의 힘으로 이끌어낸 민주화 과정이었기 때문에 그러한 열망은 더욱 컸다. 그러나 야당 후보 단일화를 이끌어내지 못한 탓에 그 열매는 군사정권의 후계자인 노태우에게 돌아갔다. 민주정의당의 노태우 후보가 36.6%의 득표로, 통일민주당의 김영삼 후보(득표율 28%)와 평화민주당의 김대중 후보(득표율 27%)를 누르고 13대 대통령에 당선된 것이다. 거기에다 충청도를 지역 기반으로 하는 신민주공화당의 김종필 후보(득표율 8%)까지 출마하는 바람에 선거는 극심한 지역 대결 구도로 흘러가는 후유증까지 낳았다.

많은 국민들이 군사정권을 확실하게 끝장낼 수 있는 기회를 놓친 것을 아쉬워했다. 김대중도 '내가 양보해서 후보 단일화가 이루어졌다면 결과가 달라질 수 있었을 것' 이라고 뼈아픈 후회를 했다. 그러나 결과는 이미 나와 버린 후였다.

이듬해(1988년) 4월 26일, 13대 국회의원 선거가 실시된다. 여당인 민정당은 지역구에서 87명이 당선되어 전국구를 합쳐도 과반수 의석을 넘지 못하는 125석을 얻었고, 김대중의 평민당은 지역구에서 54명이 당선, 전국구를 합쳐 70석의 제1야당이 된다. 제2야당은 59석을 얻은 김영삼의 민주당, 제3야당은 35석의 김종필이 이끄는 공화당이었다. 이른바 여소야대의 국회가 된 것이다.

전국구 후보로 국회의원에 당선된 김대중은 총선 후 처음 열린 국회에서 제1야당 총재로 대표 연설을 한다. 17년 만에 의정 단상에서 하게 되는 연설이었다. 그는 연설에서 광주 사건의 철저한 진상 규명과 전두환 정권의 부정부패를 추궁해서 밝힐 것을 요구했다. 다만 진상은 규명해도 전두환 전 대통령의 처벌은 요구하지 않는다는 점도 분명히 밝혔다. 죄는 미워하되 사람은 미워하지 않는다는 것이 일생 동안 한번도 바뀌지 않은 그의 신조였기 때문이다.

그 후 그의 주장이 받아들여져 광주 항쟁의 진상과 전두환 정권의 잘못을 밝히기 위한 '5공 청문회' 가 열렸다. 여소야대 정국이었기 때문에 가능한 일이었다.

해가 바뀐 1989년 1월 22일 밤, 노태우, 김영삼, 김종필 세 사람은 긴급 기자회견을 갖고 민정, 민주, 공화 3당이 합당해서 민주자유당을 창당하기로 했다는 발표를 한다. 국민이 만들어 준 여소야대의 정국을 인위적으로 여당 의원이 많은 국회로 만들기 위한 조치였다. 3당 합당에 대해 통합한 쪽은 구국의 결단이라고 했고, 그 반대편에 선 사람들은 변절 또는 밀실의 야합이라고 비난했다.

3당 합당에 따라 1992년 12월 실시된 제14대 대통령 선거에서 김영삼과 김대중은 여당과 야당 후보로 갈려 대결한다. 힘든 싸움이었다. 지역감정이 판을 치고, 선거 때마다 그를 괴롭히는 용공조작이 이번에도 그의 발목을 잡았다. 그는 다시 한 번 패배한다.

"그동안 나는 민주주의를 위해 죽음도 마다하지 않았소. 다섯 번의 죽을 고비, 6년간의 감옥 생활, 또 10년이 넘는 연금과 망명 생활을 했소. 이 나라에서 민주주의와 정의와 통일을 위해 나 이상 희생한 사람이 없다는 것은 당신도 잘 알고 있으리라 생각하오. 그런데 이번에도 행운의 여신이 나를 버린 듯하오. 내가 할 일은 여기서 끝인 모양이오. 이제 결연히 정리하려 하는데 동의해 주겠소?"

패배가 확인된 12월 19일 새벽, 김대중은 정계를 은퇴하기로 결심하고 아내 이희호에게 말했다. 천천히 고개를 끄덕이는 이회호의 눈가에는 이슬이 맺혔다. 그는 한없는 사랑과 존경의 마음으로 아내를 힘껏 껴안았다.

잠시 생각을 가다듬은 그는 정계 은퇴 성명서를 구술하기 시작했다. 아내는 눈물을 흘리며 그것을 받아썼다.

존경하는 국민 여러분!

저는 또 다시 여러분의 신임을 얻는 데 실패했습니다. 저는 이것을 저의 부덕의 소치로 생각하며, 패배를 겸허한 심정으로 인정합니다.

저는 김영삼 후보의 대통령 당선을 진심으로 축하하는 바입니다. 저는 김영삼 총재가 앞으로 이 나라 대통령으로서 정치, 경제, 사회 모든 분야에서 성공하여 국가의 민주적 발전과 조국의 통일에 큰 기여 있기를 바라마지 않습니다.

저는 오늘로서 국회의원직을 사퇴하고 평범한 한 시민이 되겠습니다. 이로써 40년의 파란 많았던 정치 생활에 사실상 종말을 고한다고 생각하니 감개무량한 심정을…….

햇볕정책, 그리고 노벨평화상

김대중의 집으로 매일 수없이 전화가 걸려오고, 많은 편지가 날아왔다. 대선 패배와 정계 은퇴를 위로하려는 사람들의 전화였다. 어떤 사람은 전화를 걸어놓고 그냥 엉엉 울었고, 가족이 모두 함께 우는 소리를 들려주는 사람도 있었다. 한 여성 작가는 부모님이 돌아가셨을 때도 이렇게 울지 않았을 것이라며 흐느꼈다. 위로를 받아야 할 사람은 김대중 자신이 아닌, 오히려 그를 위로하려는 사람들 쪽 같았다.

매일 그와 같은 일이 되풀이되자 김대중은 무엇인가 크게 결심을 하지 않으면 안 되었다. 마침 영국의 캠브리지 대학에서 초청장이 온 것이 있었다. 캠브리지 대학은 옥스퍼드와 함께 영국에서 쌍벽을 이루는 명문 대학으로, 런던에서 북쪽으로 80킬로미터쯤 고속도로를 달리면 나타나는 지방도시 캠브리지에 자리 잡고 있다.

대선이 끝나고 정계 은퇴를 선언한 지 한 달이 조금 더 지난 1993년 1월 26일, 김대중은 아내 이희호와 함께 영국행 비행기에 오른다. 그는 캠브리지의 대학원생을 위한 컬리지(단과대학)의 하나인 크레아홀에 등록해서 공부를 시작한다. 그의 신분은 엄밀하게 말하면 대학원생이었지만 모두들 '김대중 교수'라고 불렀다. 1992년 모스크바의 국립대학으로부터 평생 명예교수 학위를 받았기 때문이라는 거였다.

늘 대학공부에 동경을 가져왔던 김대중은 아침부터 저녁 때까지 연구실에서 열심히 책을 읽었다. 이번에야말로 마음껏 공부를 할 수 있는 기회였기 때문이다. 또 아파트 베란다에 화단을 만들어 꽃을 심고, 날아오는 새들에게 모이도 뿌려주었다. 그가 살게 된 아파트가 1층이어서 그런 일을 하기 안성맞춤이었다. 늘 긴장 속에서 살아야 했던 서울에서의 생활과 비교하면 캠브리지 생활은 평온하고 행복했다. 영국으로 떠나온 것이 참 잘한 일이라는 생각이 들었다.

김대중은 대학에서 연구 생활을 하는 틈틈이 유럽을 방문했다. 영국에 있는 동안 유럽의 통합 정신을 배우기 위해서였다. 특히 그는 독일을 여러 차례 찾아가 많은 정치가들과 석학들을 만났다. 독일의 통일 문제를 통해 우리나라의 통일에 대해서 나름으로 준비하고 싶었기 때문이다. 독일 방문은 연구실에서 자료로만 알 수 있었던 것과 다른 생생한 공부가 되어 그에게 큰 도움을 주었다.

"어떤 의미에서 한국의 경우가 부럽습니다."

그가 만났던 동독의 마지막 수상 드미지에르는 이렇게 말했다.

"왜 그렇게 생각하십니까?"

"조금은 늦어질지 몰라도 준비할 시간이 있기 때문입니다. 김 박사와 같은 정치가들이 지금 이 순간에도 저를 만나고 있지 않습니까? 흡수 합병 형식이 아니라 단계적 통일 방식을 취해야 했습니다. 그런 의미에서 한국이 부럽다는 것입니다."

서독이 동독을 흡수 통일함으로써 통일 독일은 많은 문제점에 맞닥뜨리고 있었다. 김대중은 베를린 장벽이 무너진 자리에 오랫동안 서서 조국의 통일 문제를 생각했다. 통일 전 헬무트 콜 서독 수상은 통일에 따른 비용으로 연내에 2백억 마르크, 앞으로 10년간 2천억 마르크가 소요된다고 계산했다. 그러나 실제로 드는 통일 비용은 10년간 약 2조 마르크가 필요하리라는 계산이 나오고 있는 것이 현실이었다. 경제 규모가 통일 전 서독의 6분의 1 정도인 한국이 북한을 흡수 통일하려 든다면 한국 경제는 파탄을 면치 못할 것이었다.

경제적 문제뿐이 아니었다. 서독과 동독은 12년 동안 서로 왕래하며 통일에 대한 준비를 해 왔었다. 그럼에도 불구하고 통일 후 많은 사회적 문제가 불거지고 있었다. 만일 아무런 준비도 안 된 상태에서 남북한이 통일된다면 그 후유증은 더욱 심각할 것이 뻔했다.

동독의 마지막 수상 드미지에르가 '한국의 경우가 부럽다' 고 한 것은 그러한 사실을 잘 알고 있기 때문에 한 말이었고, 김대중은 독일의 경우를 거울삼아 우리나라의 통일을 준비하는 데 남은 생애를 바치겠다는 결심을 새롭게 했다.

김대중은 본래 1년 예정으로 캠브리지에 왔다. 그러나 6개월이 지난 그해 6월 제3학기가 종료되자, 그는 귀국을 결심한다.

6월 22일 크레아홀에서 환송 만찬이 열리고, 그는 인사말을 한다.

반년 전 이렇다 할 희망도 없이 나는 캠브리지에 왔습니다. 그리고 지금은 그 덕택으로 마음의 평안을 얻고, 새로운 희망을 가질 수 있게 됐습니다. 그것은 캠브리지의 훌륭한 선물입니다. 나는 새로 태어나 다른 사람이 되어 귀국할 수 있게 되었습니다.

나는 정치 이외에 아무것도 못하는 사나이로 생각해 왔습니다. 그러나 지금은 캠브리지 대학에서의 교육 덕택으로 정치가 대신 통일문제를 연구하는 한 명의 연구원 혹은, 아주 주제넘은 말입니다만 한 사람의 학자로서 고국에 돌아가게 되었습니다.

고국으로 돌아온 김대중은 캠브리지에서 다짐했던 것처럼

통일문제 연구에 전념한다. 또한 남북통일 문제와 아시아 민주화 등에 관련된 연구 활동을 지원하기 위한 학술단체 〈아시아태평양평화재단〉을 만든다.

그 무렵 북한의 핵무기 문제로 한반도는 불안의 소용돌이에 빠져들고 있었다. 미국은 북한에 핵무기가 있는지 조사하겠다고 나섰고 북한은 이를 거부했다. 이에 미국이 북한의 핵시설을 공격할 수 있다고 위협하자, 북한은 서울을 불바다로 만들겠다고 응수했다.

1994년 5월, 김대중은 미국을 방문한다. 그리고 내셔널 프레스 클럽에 초청되어 미국의 아시아 정책에 대해서 연설한다.

"북한은 핵개발의 실상을 계속해서 공개할 것을 보장하고, 그 보증으로 미국은 외교 관계를 열어야 한다. 그 교섭은 일괄 타결 방식으로 하지 않으면 안 된다. 북한은 핵의 보유가 목적이 아니라 그로써 대미 외교를 유리하게 이끌어 가는 것이 목적이기 때문이다."

그는 이어서 핵문제 해결을 위해 미국의 원로급 정치인을 대통령 특사로 베이징과 평양에 보낼 것을 클린턴 대통령에게 제안했다.

연설이 끝나자, 대통령 특사로 갈 원로급 정치인으로 누구를 생각하고 있는지 구체적으로 이야기해달라고 기자가 질문했다. 김대중은 카터 전 대통령이 그와 같은 조건을 갖춘

정치인으로 생각된다고 답변했다.

김대중의 연설과 기자 회견 장면은 라디오와 텔레비전으로 중계되어 5천만 명 이상이 듣거나 보았고, 카터 전 대통령을 특사로 평양에 보내야 한다는 여론이 형성되었다. 클린턴은 여론을 받아들여 카터를 평양에 특사로 파견했다. 그리고 위기로 치닫던 북한의 핵문제는 해결의 실마리를 찾게 되었다.

"북한 핵 문제에 대한 김대중 씨의 해결 방안이 한반도에서 전쟁 발발을 막을 수 있었습니다. 그런 점에서 그는 한국인은 물론이고, 우리 주한 미군의 목숨을 구해 준 셈입니다. 김대중 씨에게 감사의 말을 전합니다."

평양 방문을 마치고 돌아온 카터는 기자 회견을 하면서 회담이 성공적으로 끝났음을 알리고, 김대중이 문제 해결에 큰 공헌을 했음을 치하했다.

북핵 문제는 가까스로 해결되었지만 김영삼의 문민정부는 많은 어려움을 겪고 있었다. 취임 초 변화와 개혁의 깃발을 높이 들고 의욕적인 출발을 했지만, 바탕이 군사정권에 뿌리를 둔 3당 합당으로 이루어진 정권에서 제대로 된 변화와 개혁을 이끌어내는 데는 한계가 있었다. 거기에다 성수대교 붕괴와 삼풍백화점 붕괴 같은 대형 사고가 잇달아 일어나 사회적 불안감까지 조성되고 있었다. 그럼에도 불구하고 3당 합당으로 몸집이 커진 여당은 야당의 존재를 무시한 채 정책의

파트너로 생각하지 않았고, 야당도 제 목소리를 내지 못하는 무기력한 모습을 보이고 있었다.

그런 현실은 김대중을 안타깝게 했다. 무엇보다도 야당이 제구실을 못하고 있는 것이 마음 아팠다. 건전하고 강력한 야당의 존재는 민주 정치를 유지하는 기본 요건이기 때문이다. 주변에서는 김대중이 다시 정계로 돌아와 강력한 야당을 이끌어 줄 것을 요구하는 목소리가 점점 높아졌다.

평생을 정치지도자로 살면서 국민의 뜻을 따르기 위해 노력해 온 김대중이었다.

"지난 1992년 국민 여러분께 드린 정계 은퇴 약속을 지키지 못한 데 대해 진심으로 사과드립니다. 그러나 지금은 비판을 받더라도 당과 국정을 바로잡는 데 작은 힘이라도 보태는 것이 제가 가야 할 길이라고 생각했습니다."

1995년 7월, 김대중은 마침내 정계 복귀를 선언한다. 그리고 9월 새정치국민회의를 창당하여 54명의 국회의원을 거느린 제1야당의 총재가 된다.

정계에 복귀한 김대중의 최종 목표는 물론 1997년 12월에 있을 제15대 대통령 선거였다. 그는 그해 5월 19일 새정치국민회의 전당 대회에서 15대 대통령 후보로 선출된다. 그리고 10월에는 자민련의 김종필 총재와 후보 단일화에 합의한다.

대통령 선거일은 12월 18일, 선거전은 여당인 한나라당의 이회창 후보와 제1야당 새정치국민회의 김대중 후보 사이의 대결이었다. 그리고 한나라당의 공천과정에서 탈락해 국민신당을 만들어 입후보한 이인제 후보가 경쟁에 가세했다.

선거 결과 김대중은 1,032만 6,275표(득표율 40.3%)를 얻었다. 이회창과 이인제의 득표율은 각각 38.7%와 19.2%. 김대중의 승리였다. 대한민국 정부가 들어선 이후 처음으로 야당 후보가 여당 후보를 누르고 평화적인 정권 교체를 이룩한 것이다. 또 김대중으로서는 3번의 대통령 선거 패배 후 얻은 '3전 4기'의 승리였다.

김대중에게는 인동초忍冬草라는 별칭이 있다. 그와 가까운 동지들이 붙여 준 이름이다. 인동초는 겨우살이 넝쿨식물로 가을에 익은 빨간 열매가 겨울 눈 속에서도 떨어지지 않고 더욱 아름답다. 김대중의 삶이 그런 인동초와 닮았다고 해서 얻은 별칭이다.

가녀린 인동초가 겨울을 버티는 힘은 봄이 온다는 믿음에 있다. 김대중도 봄을 준비하는 마음으로 혹독하고 긴 겨울을 견디어 왔다. 그리고 마침내 '3전 4기'의 승리를 이룩한 것이다.

존경하고 사랑하는 국민 여러분! 이 정부는 국민의 힘에 의해 이루어진 참된 '국민의 정부'입니다. 이 모든 영광과 축복을 국민 여러분께 드리면서 제 몸과 마음을 다 바쳐 봉사할 것을 굳게 다짐하는 바입니다.

제15대 대통령 취임식에서.
김대중의 대통령 당선은 3번의 대통령 선거 패배 후 얻은 '3전 4기'의 승리이자 대한민국 정부가 들어선 이후 처음으로 야당 후보가 여당 후보를 누르고 평화적인 정권 교체를 이룩했다는 값진 기록이다.

김대중은 1998년 2월 25일, 제15대 대통령에 취임한다. 그러나 봄은 아직 환한 미소로 그를 맞아주지 않고 있었다. 당장 발등에 떨어진 불은 국가경제의 파탄 사태였다. 외화(달러)가 바닥난 것이다. 달러의 부족으로 외국에서 원자재를 사오기 힘들게 된 기업들은 공장을 제대로 가동하지 못하고, 달러 값은 치솟았다.

김대중 정부는 지난 정권의 경제 정책 실패에서 비롯된 이 후유증을 해결하기 위해 국제통화기금(IMF)으로부터 달러를 빌려오고 긴축 재정과 대외개방, 금융 및 기업의 구조조정 등 여러 정책을 펴나간다. 또 국민들도 금 모으기 운동 등으로 정부의 노력을 뒷받침한다.

국제통화기금에서 달러를 빌려오면 우리나라의 경제 정책에 여러 가지 간섭을 받게 되고, 외국인들이 우리나라 경제를 불안하게 생각해 신용도가 떨어지기 때문에 기업들이 어려움을 겪게 마련이었다. 그러므로 빌려온 돈을 빨리 갚을 필요가 있었다. 정부와 국민의 노력으로 우리나라는 2년이 채 안 되어 IMF 사태를 훌륭하게 극복할 수 있었다. 덕분에 외국인들은 우리나라를 IMF 우등국이라 불렀다.

김대중은 외환 위기 극복에 힘쓰는 한편, 동남아시아국가연합(ASEAN) 및 중국, 일본과 정상회담을 갖는 등 활발한 외교 활동을 펼친다. 그러한 성과로 그는 1999년 5월 '아시아에서 가장 영향력 있는 지도자 50인' 중 공동 1위에 선정되고, 6월에는 미국 경제 주간 《비즈니스위크》가 선정하는 '아시아개혁을 주도하는 지도자 50인'에 선정되기도 했다.

대통령이 되기 이전부터 통일 문제를 꾸준히 연구해 왔던 김대중이다. 이제 그것을 실천에 옮길 수 있는 위치에 있게 된 그였다. 그는 북한과의 화해를 통해 남북한이 교류하고 협력할 수 있는 정책을 이끌어내는 데 많은 공을 들였다. 이른바 〈햇볕정책〉이었다.

〈햇볕정책〉이란 말은 김대중이 1998년 4월 3일 영국을 방문했을 때 런던대학교에서 연설하며 처음 사용했다. 겨울 나그네의 외투를 벗게 만드는 것은 강한 바람(강경정책)이 아니라 따뜻한 햇볕(유화정책)이라는 이솝우화를 예로 들어 설명한 말이다.

지난 정권들은 북한과 대결하는 여러 강경정책을 써왔지만 북한을 변화시킬 수 없었다. 김대중 정부는 그러한 정책 대신 남과 북이 서로의 이념과 체제를 인정하고 존중하는 토대 위에서 북한을 개혁 개방으로 이끌어 내기 위한 정책을 쓴다. 그래서 남북간의 긴장을 완화하고 민족공동체를 회복시켜 자주통일, 평화 통일의 길로 나가자는 것이 햇볕정책이다.

햇볕정책은 마침내 북한의 두터운 외투를 벗기고, 김대중은 2000년 6월 13일, 2박 3일의 일정으로 평양을 방문하게 된다. 평양 순환 공항에 도착한 김대중의 머리에는 수많은 감회가 엇갈렸다. 생전에 언제 북한 땅을 밟아 볼 수 있을까, 생각해 왔었는데 마침내 그곳에 오게 된 것이다.

김정일은 공항까지 나와 김대중을 맞았다. 해방 후 처음으로 남과 북 정상의 만남이 이루어지는 순간이었다. 그들은 같은 차에 올라 평양 시내로 향했다. 길 양쪽에는 60만 명의 북한 주민이 나와 열광적으로 환영했다. 김대중은 차의 유리문을 내리고 손을 흔들어 답례했다.

마침내 김대중과 김정일 사이의 역사적인 남북정상회담이 시작되었다. 김대중이 먼저 말문을 열었다.

"영원히 사는 사람은 없고, 그것은 지위가 높은 사람도 마찬가지입니다. 김 위원장과 내가 마음 한 번 잘못 먹으면 7천만 우리 겨레를 공멸시킬 수 있지만, 마음 바로 먹고 풀어나가면 7천만에게 축복을 주고 감사를 받을 것입니다. 어느 쪽을 택하는 것이 현명한 일인지는 명백하지 않습니까?"

김정일은 고개를 끄덕거려 김대중의 말에 공감을 표시했다. 김대중은 말을 이어 나갔다.

"우리가 그렇게 국민으로부터 감사와 축복을 받는 회담을 하려면 먼저 분명히 해야 할 일이 있습니다. 북쪽은 꿈에라도 남쪽을 공산화하겠다는 생각을 버려야 합니다. 그렇지 않으면 전쟁 일어납니다. 우리도 북한을 흡수 통일할 생각 절대

남북정상회담 김정일 국방위원장 초청 오찬에서.
이 만남은 남북이 평화와 화해의 길로 가기 위한 작은 물꼬를 텄으며 김대중에게 노벨평화상의 영광을 안겨 주었다.

안 합니다. 경제력이 그럴만한 능력이 안 되고, 전쟁하고 그동안 극단적으로 대립해 왔기 때문에 화해할 기간이 필요합니다. 평화적으로 같이 살고, 평화적으로 교류 협력하다가 이만하면 됐다고 생각될 때, 그것이 10년이 걸리고 20년이 걸리더라도 그때 통일하면 됩니다."

김정일과 북한 관계자들은 김대중의 말에 크게 안심하는 눈치였다. 그 무렵 북한은 흡수 통일에 대해서 매우 걱정하며 민감해 있던 시기였다.

대한민국 대통령 김대중에 대한 북한 측의 대접은 극진했고, 회담도 순조롭게 진행되었다. 그런데 김정일의 남한 답방 문제에서 막히기 시작했다. 김정일은 "김영남이 북한의 국가원수이므로 김영남이 가면 되고, 내가 남한을 방문할 필요는 없다"고 했다. 김대중은 "나를 초청한 것이 누구냐? 김 위원장 아니냐? 그런데 당신이 안 오고 김영남이 답방을 하겠다니 말이 되느냐? 김 위원장이 온다는 보장 없으면 우리 회담 실패했다고 지탄받는다"라고 맞섰다. 그 문제로 두 시간 이상 실랑이가 계속되었다. 김대중은 온갖 지혜를 동원해서 김정일을 설득하려고 애썼다.

"여보시오, 김 위원장. 김 위원장은 아버지에게 효도하고 윗사람 존경한다고 들었습니다. 나이 많은 내가 왔는데 젊은 김 위원장이 못 오겠다면 그게 어찌 도리오?"

"전라도 사람 고집 세다더니, 김 대통령 전라도 분이라 고집이 여간 아니십니다."

"전라도 사람은 김 위원장 아니오, 전주 김씨니까. 나는 김해 김씨니까 전라도 아니고, 경상도 사람이오. 김 위원장이 왜 고집이 센지 알 것 같소."

"하하하, 좋습니다. 할 수 없군요. 내가 가죠."

완강하던 김정일의 태도가 겨우 누그러졌다. 그런 우여곡절을 겪느라 남북 정상이 합의한 공동선언문이 발표된 것은 방문 마지막 날인 15일 새벽(0시 20분)이었다.

〈남북공동선언문〉

남북 정상들은 분단 역사상 처음으로 열린 이번 상봉과 회담이 서로 이해를 증진시키고 남북 관계를 발전시키며 평화통일을 실현하는 데 중대한 의의를 가진다고 평가하고 다음과 같이 선언한다.

1. 남과 북은 나라의 통일 문제를 그 주인인 우리 민족끼리 서로 힘을 합쳐 자주적으로 해결해 나가기로 하였다.
2. 남과 북은 나라의 통일을 위한 남측의 연합제 안과 북측의 낮은 단계의 연방제 안이 서로 공통성이 있다고 인정하고 앞으로 이 방향에서 통일을 지향시켜 나가기로 하였다.
3. 남과 북은 올해 8·15에 즈음하여 흩어진 가족, 친척 방문단을

교환하며 비전향 장기수 문제를 해결하는 등 인도적 문제를 조속히 풀어나가기로 하였다.

4. 남과 북은 경제 협력을 통하여 민족 경제를 균형적으로 발전시키고 사회, 문화, 체육, 보건, 환경 등 제반 문제의 협력과 교류를 활성화하여 서로의 신뢰를 다져나가기로 하였다.
5. 남과 북은 이상과 같은 합의 사항을 조속히 실천에 옮기기 위하여 빠른 시일 안에 당국 사이의 대화를 개최하기로 하였다.

김대중 대통령은 김정일 국방위원장이 서울을 방문하도록 정중히 초청하였으며 김정일 국방위원장은 앞으로 적절한 시기에 서울을 방문하기로 하였다.

2000년 6월 15일

대한민국 대통령 김대중

조선민주주의인민공화국 국방위원장 김정일

그해 12월, 김대중은 새천년 첫 노벨평화상 수상자가 된다. 한국의 민주화와 남북 간의 평화와 화해를 위한 노력이 높이 평가되어 상을 받게 된 것이다. 1901년 앙리 뒤낭과 프레데리크 파시가 공동으로 첫 노벨평화상 수상자가 된 이후 81번째, 아시아인으로서는 7번째의 수상이었다.

노벨평화상 메달과 증서를 받는 김대중.

노벨평화상 연단에서 수상소감을 말하는 김대중.

아름다운 퇴장, 그리고 고향 방문

김대중의 노벨평화상 수상에 대해서는 이 책의 첫머리에 이미 이야기한 바 있다. 노벨평화상 수상은 대통령 당선 이상으로, 고난에 찬 김대중의 생애 위에 피어난 아름다운 꽃이었다. 그러므로 더 이상 대통령 시절의 업적에 대해서 이야기하는 것은 큰 의미 없는 일이다. 그런 문제들은 역사의 몫으로 돌리고, 이제 그의 퇴임사를 들어야 할 때가 된 것 같다.

2003년 2월 24일, 김대중은 5년의 대통령 임기를 마치고 아름다운 퇴장을 한다.

> 존경하고 사랑하는 국민 여러분!
>
> 제가 대통령으로서 국민 여러분을 대하는 것이 오늘로서 마지막이 되었습니다. 삼가 작별의 인사를 드립니다. 무엇보다 지난 5년 동안 격려하고 편달해 주신 국민 여러분의 태산 같은 은혜에

머리 숙여 감사를 드립니다.

존경하는 국민 여러분!

국가가 융성하려면 훌륭한 국민과 책임을 다하는 정부가 필요합니다. 우리 국민은 역사상 처음으로 여, 야 정권교체를 이룩했습니다. 외환위기에는 금 모으기 운동에 동참하였고, 개혁의 과정에는 가혹한 시련과 희생을 감내해 주었습니다.

월드컵과 아시안 게임을 성공시켜 세계를 감탄케 했습니다. 불과 몇 년 사이에 세계적인 IT강국을 만들어 냈습니다. 반세기 민족의 비극에 전환점을 이루는 화해협력의 햇볕정책을 적극적으로 수용하고 지지해 주었습니다.

한국은 이제 IT강국으로 등장하고 있습니다. "한국으로부터 배워라" "한국인은 자기가 한 일에 대해서 자랑할 권리가 있다" 이런 많은 찬사도 받고 있습니다. 아직 부족한 점이 많지만, 사회 안전망을 선진국 수준으로 구축하기 위해 노력했습니다. 문화의 창달과 체육 관광의 진흥을 통해 보다 나은 국민의 삶과 국가발전에도 큰 도움이 되고 있습니다. 공무원은 처우와 인사환경의 개선 속에 성실하고 능력 있는 봉사를 통해 국가발전에 크게 기여했습니다. 이제 우리나라는 21세기 일류국가의 대열에 들어갈 수 있다는 벅찬 희망을 갖게 된 것입니다. 저는 이 순간 이러한 성취를 위해 지원하고 편달해 주신 사회 각계의 지도자 여러분에게도 머리 숙여 감사드립니다.

햇볕정책은 한반도 긴장을 크게 완화시켰습니다.

반세기 만에 휴전선에서 육로가 열렸습니다.

5천년 단일민족을 지켜온 우리의 하나됨을 그 무엇도 영원히 갈라놓을 수는 없는 것입니다. 북한의 민심도 우리에 대한 불신과 적대에서 이해와 동경으로 차츰 변화하기 시작하고 있습니다. 우리는 북한과 평화적으로 공존하고 평화적으로 교류 협력하다가 서로 안심할 수 있을 때에 평화적으로 통일하는 길로 가야 할 것입니다. 이것만이 민족의 비극을 종식시키고 통일 조국을 실현하는 최선의 길이 될 것입니다. 한편 우리는 북한과 이념을 달리하고 군사적으로 대립하고 있는 냉혹한 현실을 결코 과소평가해서는 안 됩니다. 국가 안보는 지금도 우리의 최우선 과제입니다. 그러나 인내와 노력으로 한반도의 긴장을 점진적으로 풀어갈 수 있다는 확신을 포기해서도 안 되겠습니다. 지난 5년이 그 가능성을 입증하고 있습니다.

존경하고 사랑하는 국민 여러분!

저는 민주주의와 나라의 발전, 그리고 조국통일을 위해서 일생을 바쳤습니다. 다섯 번 죽을 고비를 넘겼고 6년을 감옥에서 보냈습니다. 수십 년을 망명과 연금, 감시 속에서 살았습니다. 그 사이에 수많은 치욕과 고통도 있었고 수많은 유혹도 있었습니다. 신군부로부터 사형선고를 받았을 때, 저 역시 죽는 것이 몹시 두려웠습니다. 그러나 그들의 유혹을 뿌리쳤습니다. 저는 불의와 타협하는 것은 영원히 죽는 것이고, 죽더라도 타협을 거부하는 것이 영원히 사는 길이라고 생각했습니다. 역사를 믿었기 때문에 그랬습니다.

역사는 결코 불의에게 편들지 않습니다.

역사를 믿는 사람에겐 패배가 없습니다.

이제 저는 국정의 현장에서 물러갑니다. 험난한 정치생활 속에서 저로 인하여 상처 입고 마음 아파했던 분들에 대해서는 충심으로 화해와 사과의 말씀을 드리는 바입니다.

존경하고 사랑하는 국민 여러분!

우리 모두 하나같이 단결합시다. 내일의 희망을 간직하고 열심히 나아갑시다. 큰 대의를 위해 협력합시다.

위대한 우리 국민에게 영광이 있으소서.

갈라진 우리 민족에게 평화와 통일의 축복이 있으소서.

감사합니다.

김대중의 대통령 퇴임사를 발췌해서 소개했다.
대통령 자리에서 물러난 김대중은 78세의 많은 나이였지만, 대학초청 특강과 국내외 언론과의 인터뷰, 국내외 인사들의 접견 등 왕성한 활동을 하며 그동안 쌓아 온 경륜과 지혜를 나누는 일에 힘썼으며, 특히 뜻 깊은 일은 김대중 도서관의 설립이다.

김대중이 연세대학교에 기증한 자료와 사료史料들을 모아 설립한 김대중 도서관은 2003년 11월 3일 문을 열었다. 도서관에는 사회과학과 인문학 분야의 일반도서와 통일 관련 자료, 김대중정부 관련 사료, 노벨평화상 등을 포함한 특수 비도서 자료, 멀티미디어 자료, 김대중 개인자료 등을 소장, 전시하고 있다. 또 전직 대통령의 통치이념과 정책, 평화와 통일 관련 분야 등을 연구하는 한국 최초의 전직 대통령 관련 전문 학술기관인 통일연구원도 입주해 있다.

2006년 10월 28일, 김대중은 퇴임 후 처음으로 목포를 찾는다. 이제 팔순을 훌쩍 넘긴 나이였다.

보통학교와 목포상고를 다녔고, 첫 부인 차용애와 결혼해서 두 아들을 낳으며 청운의 꿈을 키웠던 곳, 목포……. 6대와 7대 국회의원으로 그를 연거푸 당선시켜 준 정치적 고향이기도 한 목포이다. 그처럼 수많은 사연과 감회가 어려 있는 목포지만 그는 대통령 취임 직후인 1998년 8월 서해안고속도로 개통식에 참석하기 위해 딱 한 차례 방문했을 뿐, 대통령 재임 시절 더 이상 목포를 찾지 못했다. 지역감정 해소라는 명분에 묶여서였다. 그 목포를 8년 만에 다시 찾은 것이다.

그가 도착하는 목포역에는 3천여 명의 시민들이 모여들었고, 역 광장 곳곳에 〈15대 김대중 대통령 내외분의 목포 방문을 환영합니다〉라는 플래카드가 내걸렸다. 김대중과 부인 이희호, 아들 홍일이 모습을 나타내자 역 광장에 모여 있던 시민들은 '고향의 봄'을 합창하며 그들을 맞았다.

> 한없이 존경하고 사랑하는 여러분! 여러분에 대한 사랑과 감사의 정으로 제가 고향인 여기 목포를 찾아왔습니다. 여러분, 감사합니다.

김대중은 환영하는 시민들 앞에서 이렇게 인사말을 시작했다. 목이 잠긴 듯 처음에 약간 가라앉았던 그의 목소리는 이야기가 북핵 문제의 평화적 해결문제로 넘어가면서 높아지기 시작했다. 그는 "PSI(대량살상무기 확산방지구상)를 한반도 주변에서 실시해서는 안 된다. 그것은 무력 대치와 전쟁으로 이어지고 수백만이 죽을 수도 있는 만큼 정부는 PSI 참여에 신중한 태도를 보여야 한다"고 강조했다. 이어서 "북한은 핵을 완전히 포기하고 철저히 검증을 받아야 한다. 미국은 북한의 안전을 보장하고 경제제재를 풀어야 한다. 미국의 도널드

레이건 대통령은 소련을 '악마의 제국' 이라고 부르면서도 대화했다. 닉슨도 중국과의 대화를 통해 개혁·개방을 이끌어냈다. 베트남과 쿠바에 대한 억압과 봉쇄는 다 실패로 끝났다. 대화를 통해서만 개혁과 개방에 성공한 만큼, 미국은 그 교훈을 거울삼아 북한과 대화해야 한다"고 힘주어 이야기했다. 한반도 평화 정착을 위한 노력으로 노벨평화상을 받은 국가 원로의 경륜과 지혜가 담긴 조언이었다.

그의 연설 내용의 일부를 직접 보기로 하자.

저는 앞으로 정치에 개입하지 않겠습니다. 정치를 해서는 안 되는 것은 아니지만 정치는 하지 않고, 나라 일에 대해서 조그만 일이라도 국민과 함께 할 수 있는 일을 했으면 좋겠습니다. 그리고 한 가지, 한반도 평화, 우리 민족의 화해 협력, 앞으로의 평화적 통일에 헌신하고자 합니다.

우리는 1,300년 통일 민족입니다. 조상들이 지하에서 얼마나 슬퍼하겠습니까. 죄 없이 미소 양국이 우리를 38선으로 갈랐습니다. 그 결과 전쟁도 했습니다. 전쟁으로 얼마나 많은 사람들이 죽었습니까? 그 결과 지금도 언제 다시 합칠지 모릅니다. 이런 상황에서 지금 무엇보다 중요한 건 평화입니다. 전쟁을 해서는 안 됩니다. 전쟁을 막고 평화를 지키고 통일이라는 역사발전을 위해 미력이나마 앞으로 최선을 다해 헌신하겠습니다.

……

우리가 전쟁을 막으면 한반도에는 창창한 미래가 있습니다. 20세기는 산업시대였습니다. 산업시대에는 자본, 물자, 땅이 필요하지만, 지식기반 사회인 21세기에는 창의력과 우수한 지식인이 필요합니다. 21세기에 우리는 처음으로 소리 지를 수 있는 나라를 만들 수 있습니다.

전쟁을 막읍시다. 그래야 희망을 가질 수 있습니다.

우리는 세계 일류국가가 될 수 있습니다.

모두 힘을 합쳐 후손에게 이 땅을 물려주자고 여러분에게 호소합니다.

저는 정치에 일체 개입하지 않겠습니다. 이 나라 잘되는 일, 우리 국민이 행복할 수 있는 일, 평화 누리는 일, 이런 일을 하겠습니다.

정치를 빼고는 무슨 일이든 하겠습니다. 내 생명이 있는 한 우리 고향과 민족을 위해 헌신하겠습니다.

감사합니다.

연설이 끝나자 청중들은 행사 진행자의 요청으로 '목포의 눈물' 을 불렀고, 김대중도 2절까지 따라 불렀다. 이희호는 노래를 부르던 도중 감격에 겨운 듯 손수건을 꺼내 눈물을 훔쳤다.

에필로그

큰 별 지다

김대중은 대통령 직에서 물러나면서 '앞으로 정치에 일체 개입하지 않겠다'고 여러 번 다짐했었다. 목포 방문 연설에서도 그러한 다짐은 강조됐었다. 정치 빼고는 조그만 일이라도 국민과 할 수 있는 일을 했으면 좋겠다, 특히 한반도 평화와 우리 민족의 화해와 협력, 앞으로의 평화적 통일에 헌신하고자 한다는 것이 그의 생각이었다.

그의 말이라면 무엇이든 딴지를 걸어 비판하는 반대자가 아니라면, 그러한 다짐의 진정성을 의심하려는 사람은 없었을 것이다. 그러나 현실은, 격랑의 세월을 살아 온 노 정치인에게, 어쩌면 마지막 소박한 인간적인 소망이었을 그와 같은 다짐에 안주할 수 있는 자리를 마련해 주는 데조차 인색했다.

김대중이 2003년 2월 24일 제15대 대통령 임기를 마친 이후의 중요한 일정과 사건들을 잠깐 살펴보도록 하자.

2004년 1월 29일, 재심을 청구한 김대중 내란음모사건에 대해서 무죄가 선고된다.

5월에는 프랑스, 노르웨이, 스위스 등 유럽 3개국을 순방하고, OECD와 노벨위원회, WHO에서 연설한다.

11월에는 8박 9일의 일정으로 유럽을 순방한다. 이 여행에서 그는 스톡홀름을 방문한 데 이어, 로마에서 열린 〈노벨평화상 수상자 정상회의〉에 참석해 기조연설을 했으며, 로마에 본부를 둔 세계식량계획(WFP)을 방문했다. 또 〈노벨평화상 수상자 정상회의〉에서는 '북핵 문제가 평화적으로 해결돼야 하고, 핵문제에 있어서 이중 잣대는 안 된다' 는 점 등 우리 측이 기대했던 사항이 모두 반영된 선언문이 채택되었다.

유럽 방문 후 그는 빌 클린턴 미국 대통령의 초청으로 11월 18일 아칸소주 리틀록에서 열리는 클린턴 도서관 개관식에 참석할 예정이었으나 순방 일정에 따른 피로 누적으로 미국 방문계획을 취소하고 조기 귀국한다.

인천 공항을 통해 귀국한 그는 휠체어를 탄 모습이었다.

2004년은 커다란 정치적 사건이 있었던 해이기도 했다. 노무현 대통령의 탄핵이 그것이다. 그해 3월 대통령 노무현이 탄핵당하자 김대중은 심각한 사태라는 우려를 표명하며, 위기 극복을 위한 노력을 주문했다. 정치에 개입하지 않겠다던 그가 정치적인 발언을 하게 된 것이다. 그러나 그것은 프롤로 그에 불과했다. '정치에 일체 개입하지 않겠다' 고 했던 그의 소박한 꿈을 접게 하는 상황들이 돌출했기 때문이다.

가장 큰 변화는 뭐니 뭐니 해도 김대중의 문민정부를 계승한 노무현의 참여정부 이후 보수 정권이 들어섰다는 사실일 것이다. 그리고 그러한 변화의 연장선 위에서 많은 사건들이 일어났다. 가장 대표적인 것이 노무현 전 대통령의 불행한 죽음일 것이다. 그러한 상황들은 김대중으로 하여금 현실문제에 소신을 이야기하지 않을 수 없는 쪽으로 몰아갔고, 급기야는 '행동하지 않는 양심은 악의 편' 이라는 말까지 쏟아내게 했다.

퇴임 이후 연설과 초청 강연, 언론 인터뷰, 해외 순방 등 왕성한 활동을 통해 생애의 마지막 열정을 쏟아 소신을 펼쳐 보이던 김대중은 2009년 7월 13일 오후 4시 40분 폐렴 증상으로 서울 신촌 세브란스 병원에 입원한다. 그리고 다시 병원을 걸어 나오지 못한다.

그의 마지막이 된 병원 입원 이전의 동정들에 대해서 조금 살펴보기로 하자.

4월 24일, 김대중은 부인 이희호와 함께 고향인 전남 하의도를 방문했다. 14년 만의 고향 방문이었다. 하의도에서는 섬 주민 3천여 명 가운데 절반가량인 1천 5백여 명이 그와 오찬 행사를 갖는 등 섬 전체가 들뜬 분위기였다.

그는 모교인 하의초등학교를 방문하고, '하의 3도 농민운

동기념관' 개관식에 참석했으며, 선영을 참배하는 등 바쁜 일정을 보냈다. 또 하의도 방문 하루 전인 23일에는 함평군에서 열리는 나비축제를 둘러보기도 했다. 함평군은 그가 방문했던 함평엑스포공원에 그의 상징인 인동초 공원을 조성할 계획이다.

하의도 방문은 그의 마지막 국내 여행이 되었다.

5월 4일에는 4박 5일 일정으로 중국 베이징을 방문했다. 이 여행에서 그는 시진핑 국가 부주석 등 중국 고위 인사들을 만나고 강연도 했다. 이것은 그의 마지막 해외여행이 되었다.

6월 11일에는 63빌딩에서 열린 '6 · 15 남북공동선언 9주년 기념행사'에 특별 강연자로 참석해서 연설했다. 이 연설에서 그는 북한의 2차 핵실험으로 시작된 한반도 위기와 노 전 대통령 죽음, 민주주의의 위기 등에 대한 생각을 이야기하며, '행동하는 양심이 되자'고 외쳤다. 이것은 그의 마지막 연설이 되었다.

그는 2006년 2월부터 작고할 때까지 김대중평화센터 이사장으로 있었으며, 1983년부터 미국 로버트 케네디 인권상위원회와 국제고문희생자 구원위원회 고문, 그리고 미국 피츠버그 La Roche 대학교 이사를 역임했다.

그는 한 달여의 투병 끝에 2009년 8월 18일 오후 1시 43분 다발성 장기부전으로 타계했다.

그가 입원해 있는 동안 많은 사람들이 문병을 다녀갔다. 이명박 대통령을 비롯한 정계 인사들, 반기문 UN 사무총장, 캐서린 스티븐슨 주한 미 대사, 마틴 유드 주한 영국 대사, 여성 인권운동가 시린 에바디, 조계종 총무원장 지관 스님 등등. 또 '쾌유기원 촛불 집회' 가 열리기도 했었다.

민주화 운동의 동지이자 강력한 경쟁자로 애증이 교차되어 오던 김영삼 전 대통령이 문병을 와서 화해의 뜻을 밝힌 것도 의미 깊은 일이다. 악연으로 맺어졌던 전두환 전 대통령도 문병을 와 김대중 대통령의 재임 시절을 회상했다.

김대중의 임종이 가까워 오자 그 자리에 있던 유가족 등은 차례로 그에게 인사를 드렸다.

차남 김홍업은 '죄송합니다. 용서해주십시오. 책임을 지고 가정을 잘 이끌어 화목한 가정을 만들겠습니다. 어머님을 잘 모시겠습니다' 라고 말했다.

김대중의 건강과 의료, 생활, 살림을 담당했던 윤철구 총무비서관은 '대통령님께서 항상 말씀하셨듯이 끝까지 사모님 모시고 살 것입니다. 행복했습니다. 감사했습니다' 라고 말했다.

그의 최측근이었던 박지원 의원은 '대통령님께서 바라고 원하시던 모든 일이 잘 되고 있습니다. 대통령님께서 병원에 입원하신 이후 남북화해와 국민화합도 이루어지고 있습니다. 편히 쉬십시오. 여사님을 끝까지 잘 모시겠습니다' 라는 말을 했다.

김대중은 모든 상황을 이해하는 듯 눈가에 눈물이 흘러내렸으며, 윤철구 비서관이 거즈로 그것을 닦았다.

이어서 중환자실 계기판에서 '뚜뚜' 하는 경고음이 울렸다. 정남식 의과대학장이 1시 43분, '대통령님께서 서거하셨습니다' 라고 임종을 선언했다.

김대중은 어느 때보다도 편안하고 평화로운 모습이었다.

김대중의 타계 소식이 전해지자 각계의 추모가 이어졌다.

해외 주요 인사들의 추모사를 소개한다.

빌 클린턴 미국 전 대통령은 '김 전 대통령 재임 당시 남북한 화해를 위해 함께 일하는 영광을 누렸다' 고 회상하며 '부인 힐러리와 함께 좋은 친구였던 김 전 대통령을 그리워할 것이다' 라고 말했다.

오바마 미국 대통령은 성명을 발표해서 '김 전 대통령은 용기 있는 민주화와 인권 투사' 라고 기렸다.

교황 베네딕토 16세는 '서거한 김 전 대통령의 영혼을 하느님의 자비와 사랑에 맡기며, 김 전 대통령의 서거를 애도하는 모든 대한민국 국민에게 평화와 힘을 주시도록 하느님의 축복을 진심으로 간구한다' 고 밝혔다.

엘리자베스 2세 여왕은 '김 전 대통령의 1998년 런던 방문과 그 다음 해 이뤄진 저의 공식 방한 당시의 행복한 기억이 떠오른다' 며 '김 전 대통령은 세계 민주주의 역사에 큰 획을 그은 중요한 분이고, 한반도 평화정착을 위한 노력으로 노벨 평화상을 수상해 정말 기뻤다' 고 말했다.

북한의 김정일 국방위원장도 '나는 김대중 전 대통령이 서거하였다는 슬픈 소식에 접하여 이희호 여사와 유가족들에게 심심한 애도의 뜻을 표합니다. 김대중 전 대통령은 애석하게 서거하였지만 그가 민족의 화해와 통일 염원을 실현하기 위한 길에 남긴 공적은 민족과 함께 길이 전해지게 될 것입니다' 라는 조전을 보냈다.

또한 북한은 장례식에 김기남 조선노동당 중앙위원회 비서 등 6명의 조문단을 보냈으며, 이와 같은 일들을 계기로 그동안 중단되었던 남북이산가족 상봉이 재개되는 등 경직되어 있던 남북 관계에 해빙의 숨통이 트이고 있다.

김대중의 관에는 그가 생전에 즐겨보던 성경책과 입원 기간 동안 이희호가 손수 뜨개질한 손수건, 장갑, 배덮개가 남편에게 쓴 그녀의 마지막 편지와 함께 넣어졌다.

이희호가 자서전『동행』에 써서 입관 때 넣은 편지를 보도록 하자.

사랑하는 당신에게

같이 살면서 나의 잘못됨이 너무 많았습니다.

그러나 당신은 늘 너그럽게 모든 것 용서하며 아껴 준 것 참 고맙습니다.

이제 하나님의 뜨거운 사랑의 품 안에서 편히 쉬시기를 빕니다.

너무 쓰리고 아픈 고난의 생을 잘도 참고 견딘 당신을 나는 참으로 사랑하고 존경했습니다.

이제 하나님께서 당신을 뜨거운 사랑의 품 안에 편히 쉬시게 할 것입니다.

어려움을 잘 감내하신 것을 하나님이 인정하시고 승리의 면류관을 씌워 주실 줄 믿습니다. 자랑스럽습니다.

당신의 아내 이희호

2009. 8. 20

장례는 국장으로 치러졌으며, 영결식은 23일 여의도 국회광장에서 거행되었다.

그의 시신은 국립서울현충원에 안장되었다.

고은 시인이 헌시를 쓰고, 신형원이 노래 부른 추모곡 '당신은 우리입니다'를 인용하는 것으로 글을 갈음하고자 한다.

당신은 민주주의입니다.
어둠의 날들
몰아치는 눈보라 견디고 피어나는 의지입니다.
몇 번이나 죽음의 마루턱
몇 번이나 그 마루턱 넘어
다시 일어나는 목숨의 승리입니다.

아 당신은 우리들의 자유입니다. 우리입니다.

당신은 민족 통일입니다.
미움의 세월
서로 겨눈 총부리 거두고 부르는 노래입니다.
그 누구도 막을 수 없는 것
그 누구도 바라마지 않는 것
마구 달려오는 하나의 산천입니다.

아 당신은 우리들의 평화입니다. 우리입니다.

당신은 이제 세계입니다.

외딴 섬 아기

자라나서 겨레의 지도자 겨레 밖의 교사입니다.

당신의 고난 당신의 오랜 꿈

지구의 방방곡곡 떠돌아

당신의 이름은 세계의 이름입니다.

아 당신은 우리들의 내일입니다. 우리입니다.

이제 가소서 길고 긴 서사시 두고 가소서.

김대중 대통령의 語錄

- 행동하지 않는 양심은 악의 편이다.

- 정의가 강물처럼 흐르고, 자유가 들꽃처럼 만발하고, 통일에의 희망이 무지개 같이 떠오르는 나라를 만들 것이다.

- 일생을 살면서 두 가지 지표를 지키고자 노력했다. 하나는 '행동하는 양심' 이고, 다른 하나는 '실사구시' 다. 행동하는 양심이란 서생의 희생정신이라 할 수 있고, 실사구시는 상인의 현실감각을 의미한다.

- 민주주의의 핵심은 'by the people(국민에 의해)' 이다. 국민의 충분히 자유로운 참여 없이는 아무리 국민의 이익을 도모한다 하더라도 민주주의는 아니다.

- 국민이 항상 옳다고는 말할 수 없다. 잘못 판단하기도 하고 흑색 선전에 현혹되기도 한다. 엉뚱한 오해를 하기도 하고, 집단 심리에 이끌려 이상적이지 않은 행동을 하기도 한다. 그럼에도 불구하고 우리에게는 국민 이외의 믿을 대상이 없다. 하늘이 바로 국민인 것이다.

- 정치는 심산유곡에 핀 한 떨기의 순결한 백합화가 아니라 흙탕물 속에 피어나는 연꽃이다. 연꽃을 피게 하고 정치를 예술화하는 것은 국민의 예지와 책임감과 결단에 있다고 할 것이다.

- 민주주의는 절대 공짜로 얻어지는 것이 아니며, 어느 역사를 보나 민주화를 위해서는 희생과 땀이 필요하다.

- 자유는 지키는 자만의 재산이다. 그러므로 자유는 권리가 아니라 의무이다. 자유는 방종도 아니고 모든 원리에 대한 거부도 아니다. 자유는 인간이 인간답게 살아가고 전인적 완성을 이룩하는 데 필요한 제약과 조건을 자발적으로 받아들이는 행위이다.

- 진정한 정치가 할 일은 억압받는 자와 가난한 자의 권리와 생활을 보장하고 그들을 정치의 주체로 참여케 하는 것이다. 이 과정에서 억압하던 자와 빼앗던 자들도 죄로부터 해방시켜서 대열에 참여케 해야 한다. 그 점에서 정치는 예술이 된다.

- 국민이 잘나야 한다. 국민이 현명해야 한다. 국민이 무서워야 한다. 그래야만 우리는 민족 정통성, 민주 정통성, 정의사회, 양심사회를 구현할 수 있다.

- 애국의 실체는 백성이다. 백성이 애국하고, 백성을 위해 애국해야 한다. 소수자가 애국을 농단하거나 소수자를 위한 애국이 되지 않도록 해야 한다. 그러기 위해서는 백성이 똑똑하고 강해져야 한다.

- 정치의 중요한 요체는 국민과 같이 가야 한다. 국민의 손을 잡고 반 발 앞으로 가야 한다. 국민과 같이 나란히 서도 발전이 안 되고, 손 놓고 한 발 두 발 나가도 국민과 유리돼서 안 된다.

- 민족주의는 민주적이어야 한다. 그래야만 대외적으로는 독립과 공존을 양립시킬 수 있고, 대내적으로는 통합과 다양성을 병행시킬 수 있다. 민주주의 없는 민족주의는 쇼비니즘과 국민 억압의 도구가 되기 쉽다.

- 나는 '경제성장을 위해서는 민주주의를 희생할 수 있다'는 '아시아의 도그마'를 일관되게 인정하지 않았다. 한국의 위기뿐만 아니라 아시아 각국이 지금 겪고 있는 경제적 어려움은 나의 주장이 옳았음을 입증해 주고 있다고 생각한다.

- 공산주의 국가에 대해 억압과 고립화, 이런 것으로써 성공한 일이 없다. 그러나 개방으로 유도하고 대화를 하고 이렇게 해서 성공 안 한 적이 없다. 햇볕정책은 계속 이어나가야 한다.

- 안보는 철통같이 하되, 그러나 전쟁을 막기 위한 안보, 결국은 남북이 화해 협력하기 위한 안보, 이런 방향으로 나갈 때는 나는 우리 조상들이 도와서 하늘이 도와서 우리 민족의 미래가 열릴 것이라고 굳게 믿는다.

- 내가 기독교 신자를 포기한다면 몰라도 정치보복이란 있을 수 없다. 정치 보복은 김대중 대로써 끝내겠다. 보다 밝은 미래 사회를 창조하기 위해 어떠한 정치 보복이나 협량을 절대 배격하겠다.

- 보수와 개혁은 전진을 위한 두 개의 수레바퀴와 같다. 내게 이 두 개의 수레바퀴는 생이 있는 그날까지 쉬지 않고 돌아갈 것이다.

- 지역감정을 조장하는 것은 망국의 길이고, 우리 민족에 대해 씻을 수 없는 죄악을 저지르는 것이다.

- 가난이 두려운 것이 아니다. 가장 두려운 것은 가난한 자들이 자신의 가난을 억울하다고 생각하는 것이다. 그러한 사회는 아무리 물질적 성장이 있더라도 건강한 사회라 할 수 없다.

- 나는 사명감과 신념을 가지고 절망을 모르는 시지프스의 신같이 최후의 승리의 날까지 싸워나갈 것이다. 싸우다 쓰러지는 무명의 투사는 될망정 이익을 위해 사술만 농하는 마키아벨리는 되지 않겠다.

- 남이 알지 못한다 해도 하느님 앞에서 우린 모두 죄인이다. 난 누구도 원망하지 않는다. 난 모두를 용서했다. 나를 죽이려는 자들도, 나를 음해한 자들도…

- 우리는 아무리 강해도 약합니다. 두렵다고, 겁이 난다고 주저앉아만 있으면 아무것도 변화시킬 수 없습니다. 두렵지 않기 때문에 나서는 것이 아닙니다. 두렵지만, 나서야 하기 때문에 나서는 것입니다. 그것이 참된 용기입니다.

- 역사는 우리에게 진실만을 말하진 않는다. 그러나 역사는 시간 앞에 무릎을 꿇는다. 시간이 지나면 역사의 진실을 알게 될 것이다.

- 인류 역사 이래 사람이 있는 곳에 인권이 있었다. 그러나 권력이 있는 곳에 반드시 인권의 침해가 있었다. 인권의 침해가 있는 곳에는 인권을 지키고자 하는 투사들이 있었다. 그들은 우리의 영웅이다.

- 경쟁에는 형제적 경쟁과 적대적 경쟁이 있다. 전자는 경쟁자와 협력하며 남을 살리면서 또는 남을 살리기 위해서 경쟁한다. 후자는 고립해서 투쟁하며 남을 파멸시키면서 또는 남을 파멸시키기 위해서 경쟁한다. 전자는 자기와 남을 다 같이 성장시키고, 후자는 자기와 남을 다 같이 좌절시킨다.

- 국민이 언제나 승리하는 것은 아닙니다. 그러나 마지막은 항상 국민이 승리합니다.

- 우리는 매일 새로이 나고 매일 새로이 전진해야 한다. 우리의 정복의 상대는 자기이다. 안주하려는 자기, 도피하려는 자기, 교만해지려는 자기, 하나의 성취에 도취하려는 자기와 싸워서 이를 정복해야 한다.

- 쓸모 없는 사람은 찾아오지만 좋은 벗은 내가 찾아가서 사귀어야 한다.

- 인간이 경계해야 할 두 가지가 있다. 이기심과 탐욕이라는 가장 큰 죄악이다. 이기심은 자기를 우상화하고 탐욕은 탐욕의 대상을 우상화하기 때문에 가장 경계해야 한다.

- 인생은 도전과 응전이다. 어떠한 어려운 도전에도 반드시 응전의 길이 있으며, 어떠한 불행의 배후에도 반드시 행운으로 돌릴 일면이 있다. 이 진리를 깨닫고 실천한 사람은 반드시 인생의 성공을 얻을 것이다.

- 이해하면 용서하게 되고, 용서하면 화해하게 되며, 화해하면 사랑과 자비의 마음을 갖게 됩니다. 사랑은 오래 참는다고 했습니다. 오래 참는 마음, 그것이 사랑과 화합으로 가는 출발점입니다. 용서하게 되면 인생의 전투에서는 지더라도 전쟁에서는 이깁니다. 용서하지 않으면 전투에서는 이기더라도 전쟁에서는 집니다.

- 대화의 요체는 수사학에 있는 것이 아니라 상대의 말을 잘 경청하는 심리학에 있습니다. 남의 말에 귀를 기울일 줄 모르는 사람은 대화의 실격자요, 인생의 실격자입니다.

- 최고의 대화는 경청이다.

- 논리의 검증을 거치지 않은 경험은 잡담이며, 경험의 검증을 거치지 않은 논리는 공론이다. 대화가 단절된 사회는 마치 벨트가 끊긴 기계처럼 의사전달의 벨트가 끊겨져 버리고, 결국은 화해와 협력의 길이 막혀 버립니다. 민주주의는 일방통행이 아니라 쌍방통행입니다. 주고받고 오고 가는 것입니다.

- 용기는 바른 일을 위하여 결속적으로 노력하고 투쟁하는 힘이다. 용기는 모든 도덕 중 최고의 덕이다. 용기만이 공포와 유혹과 나태를 물리칠 수 있다.

- 민주주의의 회복은 우리의 당면한 모든 문제를 해결하는 절대적인 선행조건이다.

- 이 땅에 차별로 인한 대립이 발붙이지 못하도록 하겠다.

- 햇볕정책이라고 하는 것은 감싸기도 하지만 음지에 있는 약한 균들을 죽이는 것도 햇볕이다.

- 훌륭한 대통령을 했다고 말하지는 않겠다. 그러나 혼신의 노력을 다한 대통령으로 역사에 남을 것을 확신한다.

- 이제 가면 언제 올까 기약 없는 길이지만 반드시 돌아오리. 새벽처럼 돌아오리. 돌아와 종을 치리. 자유종을 치리라. (1982년 미국 망명길을 앞두고)

- 민족을 사랑하는 뜨거운 가슴과 현실을 직시하는 차분한 머리를 가지고 평양방문길에 오르고자 한다. (2000년 6월 13일 남북정상회담을 위한 평양 방문에 앞서 대국민 인사말)

- 오늘의 영광은 지난 40년 동안 민주주의와 인권, 그리고 남북 간의 평화와 화해 협력을 일관되게 지지해 준 국민들의 성원의 덕분이다. 이 영광을 우리 국민 모두에게 돌리고자 한다. (노벨평화상 소감문에서)

김대중 대통령의 생애

★ 1924년 1월	전남 무안군(현재 신안군) 하의면 후광리 97번지에서 부친 김운식과 모친 장수금 사이에서 태어남
★ 1934년 2월	4년제인 하의공립보통학교 2학년에 편입
★ 1936년 9월	하의공립보통학교는 4년제였으므로 상급학교 진학을 위하여 목포로 이사하여 목포제일공립보통학교(목포북교공립심상소학교)로 전학
★ 1939년 4월	목포공립상업학교(5년제, 현 전남제일고등학교의 전신) 수석으로 입학
★ 1943년	목포공립상업학교 졸업. 원래는 1944년 봄에 졸업하기로 되어 있었으나 전시 특별조치로 인하여 졸업이 앞당겨짐
★ 1944년	목포상선회사에 취업. 이후 회사 관리인으로 회사를 경영하는 등 청년 사업가로 활동
★ 1945년 4월 9일	차용애 여사와 결혼, 슬하에 홍일, 홍업 두 아들을 둠
★ 1948년 10월	목포일보 사장으로 1950년 10월까지 활동
★ 1950년 6월	6 · 25 한국전쟁 발발. 당시 사업관계로 서울 출장 중에 6 · 25를 맞아 걸어서 목포로 귀가
9월	공산군에 체포되어 목포형무소에서 총살 직전에 탈출
★ 1951년	목포해운회사(흥국해운) 사장에 취임. 같은 해 전남해운조합 회장, 한국조선조합 이사로 취임

★ 1954년	목포에서 무소속 후보로 민의원 선거에 출마하였으나 낙선
★ 1961년 5월 13일	강원도 인제에서 5대 민의원 보궐선거 출마, 당선. 4번째 도전에 성공하였으나 5·16 쿠데타로 의원 등록조차 하지 못함
★ 1962년 5월	이희호 여사와 재혼. 슬하에 홍걸 둠
★ 1963년 7월	민주당 재건에 참여, 대변인으로 선출
11월	제6대 국회의원 선거 실시, 목포에서 출마하여 당선
★ 1965년 5월	민중당 대변인
★ 1966년 8월	민중당 정책위원회 의장 겸 정무위원
★ 1967년 2월	통합 야당 신민당 창당. 신민당 정무위원, 대변인으로 선출
6월	제7대 국회의원 선거에서 박정희 정권의 집중적인 '김대중 낙선 전략'에도 불구하고 목포에서 당선
★ 1970년 1월	신민당 제7대 대통령 후보 지명전에 출마 선언
9월	신민당 전당대회 후보 경선에서 제7대 대통령 후보로 선출
10월	대통령 후보 기자회견을 통해 '한반도 평화정착을 위한 미 · 소 · 중 · 일 4대국 보장, 비정치적 남북교류 허용, 통일론, 예비군 폐지' 제창
★ 1971년 4월 27일	제7대 대통령 선거에서 낙선(46% 득표), 박정희 당선
★ 1971년 5월 24일	제8대 국회의원 선거 신민당 후보 지원 유세 차 지방 순회 중 무안에서 의문의 교통사고를 당함
★ 1973년 8월 8일	'도쿄납치 살해미수 사건' 발생. 중앙정보부 요원에 의해 일본 그랜드 호텔에서 납치당해 토막 살인과 수장될 위기에서 극적 생환

★ 1973년 8월 13일	납치된 지 엿새 만에 동교동 자택에 귀환. 귀국하자마자 가택연금과 동시에 일체의 정치활동을 금지당함
★ 1974년 8월 22일	신민당 전당대회에서 '반독재 선명야당 체제'의 구축을 위해 김영삼 총재의 당선을 적극 지원
11월 27일	가택연금 속에서 재야 반유신 투쟁의 결집체인 '민주회복 국민회의'에 참여
★ 1976년 3월 1일	윤보선, 정일형, 함석헌, 문익환, 김지하 등 재야 민주지도자들과 함께 '3·1 구국선언' 주도. 긴급조치 9호 위반으로 구속되어 1심에서 징역 8년형 선고
★ 1977년 3월 22일	대법원에서 징역 5년, 자격 정지 5년형 확정
★ 1977년 5월 7일	진주 교도소 수감 중 접견제한에 항의, 단식투쟁
12월 22일	서울대학병원으로 이송, 수감
★ 1978년 9월 6일	서울대병원 이송 후 교도소 때보다 제한(접견 차단, 창문 봉쇄, 서신 제한, 운동 금지)이 더욱 심해지자 항의 단식
★ 1978년 12월 27일	옥고 2년 9개월 만에 형집행정지로 가석방된 후 장기 가택연금
★ 1979년 4월 4일	윤보선, 함석헌, 문익환 등과 함께 '민주주의와 민족통일을 위한 국민연합' 결성 주도, 공동의장으로 반독재투쟁에 앞장, 3차례 연행
12월 8일	박정희 대통령이 시해당한 10·26 사태로 긴급조치 9호가 해제되고 가택연금에서 해제
★ 1980년 3월 1일	사면, 복권
3월 26일	YWCA에서 9년 만에 대중연설. 그 후 사회단체, 대학의 초청으로 전국 순회 시국강연

★ 1980년	5월	민주화 시위가 격화되자 시국성명을 통해 학생 시위 자제 호소. 동교동 자택에서 체포, 구속, 고문 조작 수사. 비상계엄 전국확대, 광주 민주화 운동 발발
	9월 17일	고등군법회의에서 사형 선고
	12월 4일	대법원에서 사형 확정
★ 1981년	1월	국제적 구명 여론에 힘입어 사형에서 무기징역으로 감형
★ 1982년	3월 2일	무기징역에서 20년형으로 감형
	12월 16일	복역 중 서울대학병원으로 이송
	12월 23일	2년 7개월의 옥고 끝에 형집행정지로 미국 망명
★ 1983년	1월	버지니아주 알렉산드리아의 월세 아파트에 일가족 정착
★ 1984년	12월	전두환 대통령에게 귀국 의사를 밝힌 서한 발송
★ 1985년	2월	망명 2년 3개월 만에 당국의 반대와 주위의 암살 걱정을 무릅쓰고 귀국. 김포 공항에서 대인접촉이 봉쇄된 채 격리, 가택연금. 2·12 총선에서 야당, 신민당 돌풍의 중심 역할
	3월 6일	정치활동 규제자 추가 해금(김대중, 김영삼, 김종필 등 16명). 사면 복권이 안 돼 여전히 정치활동 금지
	3월 18일	김영삼과 야권통합을 합의하고 민추협 공동의장직 수락
	6월 17일	김영삼 민추협 공동의장과 민주화 요구 공동 발표문 채택
★ 1986년	2월 12일	신민당 민추협 중심으로 대통령 직선제 개헌 청원 백만인 서명운동 시작
	7월	신민당 상임고문으로 추대되었으나 당국에 의해 저지
	11월 15일	전두환 정권이 자진해서 대통령 직선제를 받아들이면 대통령 선거에 출마하지 않을 용의가 있음을 선언

★ 1987년	4월 8일	김영삼 씨와 신당 창당 선언
	4월 10일	가택연금(동교동 자택 외부인 출입금지, 집 주위에 12개의 초소와 기관원 감시 사옥 설치)
	6월 25일	장기연금 해제
	7월 9일	사면 복권('김대중 내란음모 사건' 관련자 등)
	9월 8일	16년 만에 광주 방문, 망월동 참배
	10월	각계 대표들의 지지와 추대로 제13대 대통령 선거 출마 선언
	12월 16일	제13대 대통령 선거에서 낙선, 노태우 당선
★ 1988년	4월 26일	제13대 국회의원 선거 전국구 당선(사상 최초로 여소야대의 국회, 평민당 제1야당)
	5월 18일	야 3당 총재 회담, 5개항 합의(5공 비리 조사, 광주학살 진상 규명 등)
	11월 18일	국회 광주특위 청문회에 증인으로 참석 증언. '김대중 내란음모 사건'은 전두환 신군부 세력의 정권 찬탈을 위한 조작극이었음을 입증
★ 1990년	1월 8일	지자제 전면실시 등 4개항 요구하며 단식
	1월 23일	노태우-김영삼-김종필 3당 야합 반대 투쟁 시작
	7월 27일	평민당 전당대회에서 총재 재선출
	10월 8일	'지자제 실시, 내각제 포기, 보안사 해체' 등을 요구하며 13일간 단식투쟁. 신촌 세브란스 병원 후송
★ 1991년	4월 9일	평민당 이우정 등 재야 구야권 출신 등을 영입, 신민주연합당(신민당)으로 재출범
	9월 10일	이기택 민주당 총재와 신민당-민주당 통합 선언
★ 1992년	3월 24일	제14대 국회의원 선거 전국구 당선

★ 1992년 5월 25일	민주당 전당대회에서 제14대 대통령 후보로 지명
12월 18일	제14대 대통령 선거에서 낙선, 김영삼 당선
12월 19일	정계 은퇴 선언
★ 1993년 1월 26일	영국으로 출국, 캠브리지 객원교수로 연구활동 시작
7월	귀국
★ 1995년 7월	정계복귀 선언
9월	새정치국민회의 창당
★ 1997년 5월	새정치국민회의 전당 대회에서 제15대 대통령 후보로 선출
10월	김종필 자민련 총재와 후보 단일화에 합의
12월 18일	이회창 후보, 이인제 후보와의 대결에서 제15대 대한민국 대통령에 당선
★ 1998년 2월 25일	대한민국 제15대 대통령 취임
★ 2000년 1월	새천년민주당 총재
6월	분단 55년 만에 남북정상회담. 남북공동선언문 발표
12월	노벨평화상 수상
★ 2003년 2월 24일	제15대 대통령 퇴임
★ 2003년 11월 3일	연세대학교 김대중 도서관 개관
★ 2004년 1월 29일	'김대중 내란음모 사건' 재심판결에서 무죄 선고
★ 2009년 7월 13일	폐렴 증세로 입원
8월 18일	서거

참고한 자료들

- 나의 삶 나의 길(김대중 글/산하 펴냄)
- 세계 평화의 지도자 김대중(조원갑 글/오늘 펴냄)
- 노벨평화상에서 통일까지 김대중(장세연 글/파란자전거 펴냄)
- 김대중의 끝나지 않은 이야기(김욱 글/인물과 사상사 펴냄)
- 평화를 사랑한 아름다운 사상가 함석헌(조한서 글/작은씨앗 펴냄)
- 김대중도서관 홈페이지(http://www.kdjlibrary.org)
- DJ 로드(http://www.djroad.co.kr)
- 김대중평화센터 홈페이지(http://www.kdjpeace.com)
- 김대중 대통령 추모 공식 홈페이지
  (http://211.233.13.92/?brch=1)
- 인터넷 검색을 통한 보도자료 및 그밖의 자료들

* 사진자료제공처 김대중도서관